KB260519

별 하나, 별 둘

별 하나, 별 둘
한마루 문학동인회 '젊은 꿈 이야기' 제2집

초판 인쇄 | 2011년 11월 25일
초판 발행 | 2011년 11월 30일

지은이 | 홍슬기 외
펴낸이 | 신현운
펴는곳 | 연인M&B
기　획 | 여인화
디자인 | 이수영 이희정
마케팅 | 박재수 박한동
등　록 | 2000년 3월 7일 제2-3037호
주　소 | 143-874 서울특별시 광진구 자양동 (680-25호 (2층)
전　화 | (02)455-3987, 3437-5975　팩스 | (02)3437-5975
홈주소 | www.yeoninmb.co.kr
이메일 | yeonin7@hanmail.net

값 10,000원

ISBN 978-89-6253-106-0 03810

별 하나, 별 둘

한마루 문학동인회 '젊은 꿈 이야기' 제2집

김아영
노은미
박종숙
진혜원
홍슬기
김한결
김태란
박선화
안주리
유수지

연인M&B

‘젊은 꿈 이야기’ 두 번째 동인지가 수줍은 마음으로 날개를 펼치게 되었습니다. 비록 아직은 어리고 덜 여문 우리들의 함성이지만 언젠가는 젊은 작가들의 패기와 열정으로 온 세상을 울릴 날이 올 것이라 믿어 의심치 않습니다.

앞으로도 문학에 대한 부단한 노력과 겸손으로 우리의 묘목을 가꾸어서 오랜 세월이 흐른 뒤에도 변함이 없는 견고한 나무로 많은 열매를 맺을 것입니다.

다시 한 번 떨리는 마음으로 우리의 두 번째 다발을 엮으며 우리 동인지가 나오기까지 애써 주신 연인M&B 신현운 시인님께 감사드립니다. 아울러 우리의 글을 읽고 공감해 주시는 독자 여러분께 큰절을 올립니다. 모두가 행복한 세상이 되었으면 좋겠습니다.

2011년 가을
한마루 문학동인회 회장 홍슬기

한마루 문학동인회 주소록

시

| 시 |

김아영(시인)

1988년 서울 출생으로 2006년 『문예한국』과 『문학시대』에 시를 발표하면서 작품 활동을 시작하였다. 현재 서울과학기술대학교 문예창작학과 졸업 예정이며, 시집 『하루치의 희망과 사랑』이 있다. 서울과학기술대학교 희곡동아리 '희곡연구회' 회원이며, '시대시', '한마루' 동인으로 활동 중이다.

• youngkim1220@naver.com

봄

너를 기다리는 동안
나는 언제나 봄이다

생글거리는 태양은
같은 하늘 아래, 멀고 먼
너와 나를 비추고

세상 어디든 흘러가는 바람은
닿지 않는 너의 향기를 담아
나에게 안겨 준다

땡볕 아래 너를 기다리며
어느새 저뭇해지는 가을 하늘

설풋한 너의 숨결, 너의 목소리,
너의 얼굴, 함께 걷던 꽃길이
하얗게 물든다

계절 한 바퀴를 돌아 다시 봄

달라지는 계절의 호흡 속에
너를 기다리는 동안의 나는
언제나 봄이다.

할머니의 품

시골 집 마당 한가운데 앉아
꽃노을을 바라보던 어릴 적
탱글탱글한 노른자 같은 해가
수북한 나무 사이로 쏘옥
떨어지던 그 모습은
아련한 빛을 내뿜고 있다

하늘을 뛰놀던 놀구름 따라
마당을 휘젓던 그날
버선발로 뛰쳐나와 어린 손녀를 꼬옥
안아 주시던 할머니의 품이
나를 감싸던 그날

창문에 기댄 빗방울처럼
그리움 한 방울로 맺혀 있는
당신의 얼굴은
마르지 않고, 내 가슴을
먹먹하게 적신다

붉은 하늘 속으로 훨훨 날아가 버린
나의 할머니, 물 위에 비친 달처럼
손에 닿으면 스러질 것만 같은
나의 당신, 지금 당신은 저 구름 속에서
나를 지켜보고 계시겠지.

폐렴

조여 오는 숨구멍을 놓지 않고 버틴다

불덩어리가 된 몸으로 콜록거리는 숨 하나에

어머니의 김치찌개가 먹고 싶고

이어 터져 나오는 거친 입김에

지난날의 그때로 다시 돌아가고 싶다는 사람들

솟아오르는 추억을 되새김질하며

걸어온 인생에 박힌 흔적을 다시 돌아본다

헛되이 후회를 내뱉는 이도

행복했던 순간이었다, 말하는 이도 있겠지

두 눈이 남은 이들을 지긋이 바라볼 수 있을 때

뺨 위로 떨어지는 눈물을

까맣게 문드러진 속을 어루만지며

천천히 저 먼 길로 떠날 채비를 하는 사람들

한순간에 찢긴 작은 상처로

메울 수 없는 큰 구멍이 나 버린 숨통

그 붉은 호흡 속에서

끊임없이 토해 내는 가슴앓이

더 이상 세상을 마시지 못하고

숨을 놓는 그들 앞에서
나의 응어리는 가벼울 뿐이다.

시인의 말

'시간'은 나를 기다려 주지 않고 흘러간 '시간'은 다시 돌아오지 않는다. 나는 요즘, 지금 이 순간을 소중히 여기고 즐길 줄 알아야 한다는 생각을 한다.

내 인생이 아쉬움으로 끝나지 않도록 후회 없이 달리고 싶다.

노은미 (시인)

1991년 서울 출생으로 인하대학교 한국어문학과 재학 중이다. 2009년 『문학시대』에 시를 발표하면서 작품 활동을 시작하였다. '시대시', '한마루' 동인으로 활동 중이다. • jeon341@naver.com

닭볶음탕

닭은 이런 날이 올 줄 몰랐다

모이통 속에 머리를 박았을 때도

좌판 위에 벌거벗고 누웠을 때도

서서히 달궈지는 냄비 속에서

닭다리가 닭 모가지에게

이토록 말을 걸어올 줄이야

닭다리는 닭 모가지에게 물었다

나랑 똑같이 생긴 다리 한 짝

냄비 속에서 본 적 있느냐고

감자들이 길을 막고 있어서

녀석을 도저히 찾지 못하겠다고

온몸에 양념을 뒤집어쓰고선
닭다리는 빠알갛게 울었다

닭 모가지는 닭다리에게 물었다
어차피 이 양념이 다 배고 나면
포슬포슬 익은 감자든
토막토막 난 우리들이든
모두 접시에서 생을 마감할 터
구태여 다리 한 짝을 찾느냐고

닭다리는 껍질을 떨며 말했다
꼭 해 주어야 할 말이 있다고
네가 없었더라면 나 홀로
아무것도 하지 못했을 거라고
한평생 나와 마주 보고 있어 줘서
고마웠다고 말해야 한다고 했다.

상도동 블루스

상도동 주택재개발구역 일대
낮 뜨거운 줄도 모르는 두 사람
아침 댓바람부터 블루스 타임이다

노란 완장을 찬 30대 사내
잠옷을 이제 막 여민 50대 여인
서로에게 바짝 붙어 스텝을 밟는다

해머가 벽과 문을 부스는 소리
집기들이 골목으로 나뒹구는 소리
화음을 이룬 네 박자 음악에 맞춰

슬로우 슬로우 퀵퀵
점차 볼륨이 높아지는 음악 소리에
여인은 자꾸만 달동네를 향해 퀵퀵

슬로우 슬로우 퀵퀵
사나이 체면에 리드 당할 수 없어
여인을 저쪽으로 밀쳐 내려 퀵퀵

우아한 춤사위라는 걸 모르고
무언가에 홀리기라도 한 듯
멋대로 움직이는 여인은 재미없어

사내는 슬로우 슬로우 퀵퀵 하다
여인의 허리를 안아 반 바퀴 턴하곤
무대의 구석으로 여인을 밀쳐 낸다

블루스 타임에 온몸을 불사르던 여인
아스팔트 무대 위에 지쳐 쓰러졌으나
사내는 완장을 휘날리며 저쪽으로 날아갔다

지쳐 쓰러진 건 오직 여인뿐
해머 소리 네 박자로 경쾌히 흐르고
상도동 블루스 타임은 끝나지 않았다.

발

1
퇴근 시간 지하철 1호선 전동차 안
도시의 건물들처럼 사람들이 빼곡하다
수많은 사람들이 함께 있어도 오직
서늘한 침묵만이 서로의 옷깃을 스친다
상사의 따가운 말에 시달려야 했던 귀
잠시만이라도 이어폰으로 틀어막고
하루 종일 컴퓨터 섬광과 싸웠을 눈
눈꺼풀을 셔터 삼아 내려 닫곤 저마다
오늘 하루 동안 모은 고단함과 상처
가슴속에서 딱딱하게 굳히는 중이다
나도 덩달아 작은 잿빛 건물이 되어
선인장보다 건조하게 우뚝 서 있다
다만 가슴팍에 무언가를 고이 안은
어떤 여자와 자꾸 눈이 마주칠 뿐

2

구로역을 막 지나쳤을 때쯤
정체를 알 수 없는 무언가가
이따금씩 내 배를 친다
짧지만 강렬하게 툭툭
심드렁하다는 듯이 툭툭

발이다, 휴대폰보다 작은 발
이제 겨우 백 일이나 지났을까
마주 선 여자의 품에 안긴 아기는
잿빛으로 서늘하게 굳어 가는 나
더는 두고 볼 수 없었나 보다

가파른 일상을 오르며 자연스레
삵처럼 경계하고 개처럼 눈치 보며
모든 것이 딱딱하게 굳어 온 시간
아기의 발길질로 서서히 금이 간다
이제야 생긴 이 작은 균열 사이로
그간 참아 왔던 거친 숨을 몰아쉰다.

오줌 소리

새벽 두 시
창가에 기대어 앉아 있다
담 넘어 안방 화장실에서
아버지 오줌 누는 소리 들린다

급한 삶이 쏟아져
조조조조조조조조조
조조조조조조조조조
아비는 아직 죽지 않았다
호통 치듯 힘차게 변기 속으로
조조조조조조조조조
조조조조조조조조조
맥주도 수박 탓도 아니다
이것은 거부할 수 없는 순환
조조조조조조조조조
조조조조조조조조
자식의 그림자를 먹고 사는
아비는 운명을 내달리는 중이다
조조조조조조조조졸

이윽고
물 내리는 소리
화장실 문 닫히는 소리
터덜터덜 아버지 발소리
이제 변기의 가슴은 고요하고
뒤늦게 일렁이는 내 가슴.

곱슬을 생각하다

지하철 2호선
노약자석에 앉은 사내
한 뼘 정도 되는 옆머리를
저쪽으로 쓸어 올렸다
정수리를 지나
가볍게 일렁이는 머리칼
그는 곱슬머리였을 것이다

쭉쭉 뻗은 직모는 없었다
고불고불 돌아가고
얽히고설킨 길 따라가다
결국 끊어지기를 수십 번
지나온 길들이
제풀에 지쳐 하나 둘
자신을 놓아 버려
그의 발뒤꿈치마다 떨어졌다

조심스레 쓸어 넘겨야 할 만큼

얼마 남지 않은 머리칼

그마저도 순탄치 않다는 듯

아직 남아 있는 곱슬의 흔적

나무 지팡이 짚으며 일어나

신도림역에서 내리는 사내

전동차 문이 열리자

남은 길 펼쳐지고

굽은 등 받치며 걸어간다.

시인의 말

한 번은 그런 생각을 한 적이 있습니다. 내 시는 반짝이는 구두가 아닌 오래된 운동화를 신고 걸어 다니는 것 같다고. 촌스럽지는 않은지 고민했었습니다. 하지만 쇼윈도의 잘 차려입은 글보단 여기저기 돌아다니며 사람들을 위로할 수 있는 제 글을 토닥여 주기로 했습니다.

부족한 제 글을 한마루 동인지에 실을 수 있어서 기쁘고 감사합니다. 꾸준히 노력하는 시인이 되겠습니다.

박종숙(시인)

경기도 소사 출생으로 숙명여자대학교 국어국문학과, 국민대학교 문예창작대학원을 졸업하였다. 1992년 『시대문학』에 시를 발표하면서 작품 활동을 시작하였으며, 제15회 윤동주문학상(1999), 제15회 한국민족문학상 본상(2011) 등을 수상하였다. 한국문인협회, 한국여성문학인회, 한국시인협회, 국제PEN 한국본부, 자연을 사랑하는 문학의 집 회원이며, '신미시', '시대시', '한마루' 동인으로 활동 중이다. • shiin@korea.com

풍요 속 빈곤

예전엔 너나할 것 없이 가난한 살림살이, 하나밖에 없는 장롱도 채우지 못해 아이들은 그곳에서 숨바꼭질을 하곤 했다. 곳간과 쌀독은 항상 헐렁했지만 허기에 지친 웃음은 하양기만 했다. 음식물 쓰레기라는 이름도 몰랐고 사람이 남겨 줘야 울안의 가축들도 먹을 수 있었으니 남김이 아니라 나눔이었지. 모두들 넉넉하진 않았어도 방 안 가득 웃음이 출렁였고, 꼬르륵거리는 배를 쥐고도 하염없는 옛이야기에 날 새는 줄 몰랐다. 지금은 곳곳에 먹을 것이 널리고 자고나면 내다 버리는 것 투성이라도 웃음은 늘 가뭄이고 인심은 콘크리트 속에 갇힌 돌처럼 고개를 들지 못하니 안타까운 일이다.

모든 것이 풍요롭고 흔한 세상이지만 가족 간의 사랑과 이웃 간의 정은 점점 말라가니 풍요 속에 빈곤이 바로 오늘이 아닌가 싶다.

나를 깨우는 소리

무슨 병인지 새벽이 되어야 잠이 드는 습관은 고칠 수가 없다. 남들 다 자는 한밤중에 어항 속 구피처럼 눈을 동그랗게 뜨고 풀잎 떠는 소리에도 귀를 세운다. 시계의 발걸음이 그렇게 둔탁할 수가 없다. 위층 어디쯤인가 잠 못 드는 누군가가 변기 물을 내린다. 베란다 열린 창틈으로 담배 연기가 기어오른다. 아래층 어딘가에 사는 누구도 잠을 못 드는 모양이다. 아주 멀리 놀이터 그네가 삐걱거린다. 누군가 싸움을 하고 나왔나 보다. 비슷한 습성을 가진 사람들이 꽤나 되는 듯해도 엘리베이터에서 만나는 얼굴들은 늘 낯설기만 하다. 자는 사람 깨어 있는 사람, 누군가 보든 말든 TV 속 쇼핑호스트는 대낮 같은 얼굴로 연신 물건을 사라고 종용한다. 원고지는 아직도 말갛다. 한 칸도 점이 찍히지 않은 네모의 방들은 더욱 숨을 조인다. 시계는 어느새 5시를 지나고 있다. 앞 동 아파트에 한 집 두 집 불이 켜진다. 어느새 새벽밥을 지으려는 모양이다. 배추 애벌레처럼 몸을 동그랗게 말고 소파에 눕는다. 점점 시계 소리가 멀어진다. 잠결에 멀리로부터 맡아지는 밥 냄새 청국장 끓이는 냄새, 꿈과 현실의 경계에서 헤매고 있을 때 악마의 부름처럼 들리는 "세~~탁" 어느새 잠은 또 달아나고 만다.

이 가을에 나는 새삼 깨닫다

나이를 먹을수록 세상을 보는 눈은 깊고 커지지만 가슴에 와
닿는 느낌은 점점 무뎌져만 간다. 단풍이 곱다. 울긋불긋 색색의
잎들이 마치 운동회 날 펄럭이는 만국기 같지만, 어린 날의 설렘
은 간 곳 없고 마음이 아프다. 가슴에 얼굴에 온통 피멍이 들도
록 고되게 산 증표가 아닐까. 알록달록 화려해 보이는 옷을 입고
여행을 떠나는 나뭇잎들, 나의 삶의 마지막 여행도 저처럼 찬란
할 수 있을까. 저들처럼 치열하게 살았다고 말할 수 있을까.

삶은 누구나 힘든 것이다

나는 숨을 쉬기 위해 사는 것인지 살기 위해 숨을 쉬는 것인지 가끔은 혼란스러울 때가 있다. 숨을 쉬기 위해 사는 것도 힘들고 살기 위해 숨을 쉬는 것 또한 여간 힘든 것이 아니다.

청둥오리 한 무리가 물에 떠 있는 풍선 같다. 물 밑에선 살기 위한 자맥질이 쉴 없다. 마치 싱크로나이즈드스위밍처럼 숨을 쉬기 위해 입을 벌리는 것이, 남들 눈에는 웃는 모습으로 보이는 것과 같이, 살기 위해 끊임없는 자맥질을 하며 수평을 유지하는 오리들, 사람들은 한가롭게 둥둥 떠 있다고 말한다. 저들은 긴 겨울 동안 얼음물에 발을 담그고 멈추지 않는 시곗바늘처럼 발을 움직여야 한다.

마치 우리가 살기 위해 잠시도 숨을 멈출 수 없듯이. 보기에 좋고 아름답게 보이는 것들의 뒤에는 참을 수 없는 아픔과 견딤이 있다.

이 가을에 나도

공작산 아래 편하게 앉아 있는 수타사를 간다
천 년의 향기가 풍경에 실려
눈과 귀를 꼭 붙든다

일주문 없이 바로 봉황문
그 안에 살짝 발을 들이니
월인석보를 가슴에 품고 있었다는
사천왕이 헛기침을 해대고

경내엔 천 년의 고찰답게
단청이 벗겨진 낡은 법당이 고아하고
풍경의 울림만이 시간을 잊은 듯 청아하다

마치 융단을 깔아 놓은 듯한 은행잎
오고 가는 사람들 시월을 붙들고 싶은 듯
애써 순간을 잡으려는 사진 찍기에 바쁘다
수많은 사람들이 드나들며

흔적을 남겼을 국화꽃 무리 앞에

나도 한 점의 발자국을 남기고 돌아선다.

* 수타사: 강원도 홍천군 동면 덕치리에 있는 절 이름.

시인의 말

글을 쓸 수 있음에 행복하고

글을 쓸 수 있음에 기쁘고

글을 쓸 수 있음에 감사하고

글을 쓸 수 있음에 살고 있다.

진혜원 (시인)

1991년 서울 출생으로 숭의여자대학교 문예창작학과 재학 중이다. 2010년 『문예사조』에 시를 발표하면서 작품 활동을 시작하였다. 현재 '한마루' 동인으로 활동 중이다. • usagizzang@hanmail.net

어린이대공원

유난히 힘자랑이 거셌던 비가

잠시 휴식을 취하는 동안

바쁘게 가방 하나 메고

동물원으로 향한다

커다란 정문은

마치 수녀님의 품처럼

돈 한 푼 받지 않고

모두를 환영해 주고 있다

바닥에 주저앉아

먼 하늘만 바라보던 원숭이를 지나

새로운 장난감을 만지는 기대감으로
사자 앞에 섰다

동물농장에서 보았던
눈이 반짝거리던 맹수는
철안 안에서 자연스럽게
서서히 죽어 가나 보다

아이들의 웃음소리와
동물들의 표정이
맑은 하늘에 갑자기 내리는 여우비처럼
어색함을 가지고 있어
돌아오는 발걸음이 무겁다.

천재

뮤지컬 모차르트를 보면
가족과 사랑을 모두 잃은
자신의 운명을 피하고 싶어하는
천재 모차르트가 주인공이다

뛰어난 재주라는 것이
신동이라는 언덕이
어느덧 천재라는 큰 산이 되어
그의 삶을 주도하였다

뮤지컬을 보며 그의 아픔을 나누었지만
컴퓨터에 하얀 종이를 누르고
두 손을 키보드 위에 올리면
그 순간만큼은 천재이고 싶다

단 한 글자도 쓰지 못하고
낱말들이 머릿속에서
교통사고를 자꾸 만들어
여기저기 다쳐 희미하게 보인다

눈이 동그랗게 떠지는
영감이라는 감정은
나의 나쁜 모습만 보는지
나에게 선뜻 다가오지 않는다

다른 사람들의 시를 읽으며
앞에서는 박수를 쳐주지만
뒤에서는 입을 삐죽거리는
보통에 솜씨 없는 시인인 나는
오늘도 시가 참 어렵다.

일기

아직 1년도 채 되지 않는
수험생의 내 모습을 지닌
어느덧 다른 수첩들과 함께
서랍 한쪽에 자리 잡은
일기장을 꺼내 본다

무엇이 매일 힘들었는지
마치 일기의 형식이라도 되는 듯이
지친다라는 낱말이
빠지지 않고 쓰여 있다

이제는 한 번 느끼기도 힘든
새벽이 주는 슬픔을 담은 고요함을
나만 아는 짝꿍으로 삼아
하염없이 이야기하던 내가 보인다

아직 다 차지 않은 일기장에
스무 살이 된 내가

열아홉 꿈 많은 소녀에게
짧은 편지를 보낸다

그때에 네가 느낀
손 떨리던 쓸쓸함이
다시 나를 찾아와 주면
두 팔을 활짝 벌려
기꺼이 반겨 줄 것이다.

소녀의 답장

그대들이 들려준
음악 편지를 듣고
이 포근함을 전하기 위해
답장을 씁니다

코까지 시려 오던 겨울
피아노 위에 자리 잡은
아름다운 목소리가
나에게 꿈을 주었습니다

최선을 다해 자신의 일을 하는
태양을 그늘 삼아
그대들을 기다리던 시간 동안
그리움이란 마음을 알았습니다

끝도 없이 커져 버린 욕심에
나 스스로 슬픔을 찾아갔던
지금 와서는 부끄러운 웃음만 나오는

풋풋한 질투도 해 보았습니다

그대들을 응원하고 싶은

이 하얀 마음 덕분에

내가 보는 하늘은

먹구름이 끼어도 늘 밝았습니다

다시 또 선물을 받은

소녀의 귀에서는

오늘도 소년들의 노래가

자연스럽게 흐르고 있습니다.

악플

인터넷이 만든 또 다른 지구는
착한 글자 들어갈 자리가
아기 손바닥만큼 작아
쉽게 보이지 않는다

키보드 위에 손만 얹히면
아이의 해맑은 웃음 대신
악마의 사악한 눈을 가져
상처내기 놀이를 시작한다

모니터가 비난으로 가득 찰 때
사랑하는 사람에게 표현할
따뜻한 말 한마디조차도
떠올릴 수 없게 된다

누군가의 꿈을 빼앗고
마치 아무것도 하지 않았다는 듯
무서운 사냥꾼이 되어

숲속을 헤매서는 안 된다

얼룩진 인터넷 화면에
선플이라는 휴지를 들고
하나씩 스스로 찾아가
처음의 깨끗함을 만들어야 한다.

희망의 함성

백일장이 끝나고 받은
전태일의 삶을 그린 책을
오랜 시간 눈을 떼지 못하고
손에 떨림과 함께 읽은 적이 있다

책을 한 장씩 넘길 때마다
그가 대통령에게 보내는 편지가
매일같이 늘어 갈 때마다
꿈이 아닌 현실이 다가왔다

분신 자살을 선택한
그의 마지막 외침은
그가 소리쳤던 모든 진실과 함께
세상에 선택을 받았다

그가 만든 하나의 목소리가
노동자들이 당당히 소리치는
희망의 함성이 되어
지금도 울려 퍼지고 있다

내가 쓰는 한 글자도

시작이 될 수는 없어도

옳은 일만 표현하는

밝은 소리 중 하나였음 한다.

시인의 말

먼저 이렇게 한마루 동인지의 한 부분을 장식할 수 있는 영광을 가질 수 있어서 기쁘게 생각합니다. 이렇게 원고를 준비하면서 원하는 문예창작과에 와서 내가 그만큼의 노력을 했는지에 대한 생각을 하다 보니 부끄러운 생각이 많이 들었습니다. 글을 쓰면서 짐짐 부족해지는 내 자신을 보며 반성하는 계기가 되었습니다. 완벽하지는 않지만 역시 시를 쓰면서 살며시 웃음 짓는 저의 모습을 발견했을 때의 행복감이 좋아 여전히 시를 놓지 못하고 있는 것 같습니다.

이제 새롭게 시작하는 한마루 동인지의 젊은 작가들과 자주는 아니었지만 즐거운 기억을 많이 만들었습니다. 글을 통해 이렇게 소중한 사람들을 만나 함께 책을 만들어 갈 수 있는 기회를 주신 박종숙 선생님께 감사드립니다. 이 책을 받아 보실 많은 분들에게 우리 젊은 작가들의 발전하는 모습을 기대해 달라는 말씀을 드리고 싶습니다.

늘 저를 지켜 주시는 하느님과 제가 원하는 길을 갈 수 있도록 격려해 주시는 부모님께 감사드리고 시와 소설의 참 재미를 알려 주시는 전기철 교수님과 김양호, 강형철 교수님께 감사드립니다. 마지막으로 늘 아름다운 저의 하늘에게 감사드립니다.

홍슬기(시인)

충남 아산 출생으로 인천에서 성장하여 서해고등학교를 졸업하고, 국립 인천
대학교 국어국문학과 졸업 예정이다. 2006년 『문학시대』에 시를 발표하면서
작품 활동을 시작하여, 시집 『하늘로 뻗는 나팔꽃』이 있다. 세계기독교동아리
IVF, '시대시', '한마루' 동인으로 활동 중이다. • seulgi7023@hanmail.net

콩

메주를 말리기엔 푸진 밤이다

청춘들이 아직 덜 익은 제 몸들을 서로 비비며 밤거리로 쏟아져
나온다

어미 품속을 견디지 못해 벌개진 새끼 콩들처럼

느릿하고 묵직한 무쇠솥 같은 자궁 안의 한나절을 버티지 못해

부르르 콩물을 물고 방울져 흘러나온다

삶이란 입동을 한참 앞두고 삶아 버린 콩들이 되어

축축한 밤바람을 맞으며 서서히 말라 가는 것,

단단하지도 무르지도 않은 콩의 상태에서

이 푸진 세상을 반겨 의연히 말라 가는 것이리라

달은 떠 있고

곰팡이 핀 달의 구멍 사이로 바람이 인다
메주가 되어 버린 달이 꾸득꾸득 잘 말랐다
똥 냄새를 환히 비추는 달을 바라보며
새끼 콩들은 비릿한 콩물만 삼켜 댈 뿐이다

인중을 길게 늘여 더운 숨을 마신다
말라 가는 눈꺼풀을 감는다.

막둥이에게

사춘기 남동생의 일기장을 훔쳐보려 서랍을 뒤지다 다 쓴 공
책을 본다

요상한 낙서들과 굵게 쓰여진 수학 공식들만 가득하다

재미도 없는 놈이다

방문 사이로 샛별아 샛별아 하는 통화 소리에 솔깃해 뒤진 것
인데

샛별이는커녕 지겹다 축구축구 스타스타만 한가득이다

어떻게 하면 학원을 안 갈까 쉬고 싶다 놀고 싶다

아직은 어린놈의 풀떡거리는 엉덩이가 눈에 선하다

문제가 안 풀려 조급한 것인지 답이 틀린 것인지

토끼 똥처럼 새까만 동그라미 낙서들이 마구 박혀 있다

주말 저녁이나 돼야 마주 보는 녀석의 구부정한 등뼈를 어루
만져 주고 싶다

나도 나지만 어느새 생선 가시처럼 힘없이 가느다래진 동생의
일상이 가여웁다

너의 등뼈가 다 없어질 때까지 헤엄칠 날들이 너무나 많단다

뜨끈하고 진한 맛의 사람이 되기 위해선 앞으로

얼마나 깊은 바다를 계속 헤엄쳐 나가야겠니

해 주고 싶은 말은 많은데 빨간 대야에서 아가미만 빠끔거리
는 넙치처럼 마음이 무겁다

부러질까 조심히 등 두드려 주려는 손길이 어색한지 동생 놈
이 놀란 눈을 하고 꿈벅거린다

괜스레 머리를 한 대 쥐어박고 힘내힘내 두드려 준다

목구멍이 알알한 밤이다.

콩나물 무침 만들기

숨이 죽으라고 뚜껑을 닫아 놓았는데도 자꾸만 열고픈 마음이다
오 분에서 육 분 정도만 기다리면 되는 일이
가부좌를 틀고 사리를 품고 있는 수도승의 마음처럼 길다

굵은 소금 한 숟갈이 풀어진 물은
뜨겁고 짜다, 그 속에서
뒤엉키고 조급한 대가리들을 박치기하며 익어 가고 있을
콩나물들을 상상해 본다

몸부림쳐야 투명해지는 콩나물들의 몸이 서로 부딪히는 동안
눈물짓는 어머니가 지나가고
자전거를 구르던 발이 씽씽 지나가고
새벽 기도를 나가는 할머니의 가래 끓는 소리가 지나간다
아아, 그의 거뭇한 수염도 설핏 콧등을 스쳐 지나가는 것만 같다

남자가 후추를 뿌려 놓은 듯한 수염 자국을 안고 살아간다는 것
은
투명한 콩나물이 고춧가루 범벅의 콩나물 무침이 되어 가는 과정
이리라

그의 까끌한 후추 맛에 기침을 해대던 날들이

어느새 찰나를 돌아 냄비 속에서 끓고 있다

뚜껑을 열자 녀석들이 움직이지 않는 산낙지처럼 풀이 죽어 있다

매콤한 맛이 떠오르니 벌써부터 입에 침이 고인다

조물조물 무치는 일마저 달음박질할 것만 같으니

이제 저것들을 건져 내어 반 세월을 버무리는 일만 남았다.

새끼

매일 구두 안에 갇혀 사니 냄새나고 못 생겼을 수밖에,
그래도 다섯 쌍둥이들 머리를 깎아 주는 날이니 정겹다
그리고 보니 새끼발가락이 심하게 휘어져 있다
약지 옆에 바싹 붙어서 기울어진 모양이 꼭 피사의 사탑 같다
어쩌면 새끼는 그동안 쓰러질 것을 알면서도 걸어왔는지 모른다
발이 아픈지는 알아도 새끼 너만 아픈지는 모르는 못난 나를
굳이 원망 한 번 하지 않고 그렇게 조금씩 무너지고 있었나 보다
머리도 제일 천천히 자라는 놈이
묵묵히 기울어져 갔을 모습에 미안하고 낯이 뜨겁다

다 자랐는데도 덜 자란 듯한 송구함이란 이런 것일까
갸우뚱한 몸을 일으켜 담담히 얼굴을 마주해 본다
서늘한 칼날이 새끼의 가녀린 목심줄을 스치는 순간
똑—
똑—
새끼의 흰머리가
뭉텅
바닥에 떨어진다

내 못난 엄지로 하얗게 스러진 네 눈물 조각들을 비비려니
차마 휴지통으로 걸어갈 용기가 나질 않는다
다만 말이 없는 눈길만이 잠시 머무른다.

재채기

내 안의 모든 더러운 것들이 감히
마하의 속도로 질주해 나가길.

시인의 말

올 한 해는 내 생애 최고로 뜻 깊은 나날들이었다. 그중에 한마루 동인회의 회장으로 보낸 시간들은 내게 가장 값진 보물들 중 하나이다. 부족한 나를 항상 믿고 따라 주는 사랑하는 선생님과 동인들에게 다시 한 번 감사하다.

벌써 가을인가, 낙엽 밟는 소리에 흠뻑 취할 게으름 정도는 남겨 두고픈 계절의 문턱이다.
언제나 그래왔듯 詩 속에서 삶 속에서
나, 영원히 변치 않고 계속 살아갈 것이다.

단편소설

김한결(소설가)

1992년 서울 출생으로 2011년 서울과학기술대학교 문예창작학과 재학 중이다. 2010년 『연인』, 『문학시대』에 소설을 발표하면서 작품 활동을 시작하였다. '한마루' 동인으로 활동 중이다. • jeon341@naver.com

진주왕(珍珠王)

스산한 바람이 불어오기 시작한다. 회색 하늘은 금방이라도 빗방울을 흩뿌릴 듯이 위협적이고, 멀리서 들려오던 천둥소리는 점점 다가와 이제는 지척에 다다른 듯하다. 거리를 누비던 많은 인파들은 빗질을 당한 거미 새끼들처럼 흩어져 어디론가 사라져 버렸다. 그렇게 텅 비어 버린 거리가 갑자기 시끄러워졌다. 왁자하게 웃고 떠드는 소리, 말의 발굽 소리와 울음소리가 한데 엉켜 하나의 거대한 소음 덩어리가 되어 빈 거리를 가득 메웠다.

"치신, 얼마나 더 가야 나오는 것인가?"

"요 앞 벼루 집을 끼고 돌면 바로네."

"그렇군. 참, 오늘 날씨가 이러니 노리개 장사도 들어가고 없겠군. 빈손으로 가면 인기가 없는데, 이걸 어쩌나."

"천하의 세자 저하께서 기녀들에게 인기 없을까 봐 전전긍긍

하는 모습이라니."

"이보게, 치신. 말조심하게. 오늘도 몰래 빠져나온 참인데, 소문이라도 나면 이번에야말로 경을 칠지도 몰라."

"그것 참 볼만한 광경이겠군. 아니 그렇사옵니까? 세자 저하."

"하, 이런 놈을 벗이라고 여기는 내가 등신이다!"

"등신이라니 당치 않사옵니다, 저하."

"그놈의 저하 소리 집어치우래도. 오늘 나는 그냥 인간 이제다!"

소음으로 가득한 무리의 선두에 있는 두 사람은 말을 타면서도 서로 밀치며 약을 올리거나 가벼운 말다툼을 하며 앞서거니 뒤서거니 하며 빠른 속도로 거리를 빠져나갔다. 뒤에서 말을 달

작가의 말

오늘따라 커피의 향은 유난히 흐렸습니다. 겨울이 다가올수록 제 일상도 점점 희석되어 가는 것일까요. 문장보다는 친구들의 이야기가, 소재보다는 선배들과의 술자리가 제 문학적 영감의 자리를 대신했습니다. 대학생이 되었지만 문학의 탑을 쌓는 일엔 여러모로 소홀한 한 해였습니다. 하지만 친구와 선배를 문장과 소재로 가늠할 수는 없겠습니다. 문학에 무관심한 첫 대학 생활이었지만 저는 소중한 사람들을 만났습니다. 메피스토가 짠, 하고 나타나 가장 완벽한 묘사와 문장으로 이 사람들을 사겠다고 해도 결코 바꿀 수 없는 사람들입니다.

회지에 실린 제 글을 봤을 때, 올 한 해를 문학과 동떨어져 산 듯한 기분이 들었습니다. 이제는 친구와 선배들과는 별개로 글에 집중하는 법을 익숙해져야 할 때인 것 같습니다. 어느새 놀 땐 확실히 놀고, 할 땐 확실히 해야 할 스무 살이 되었습니다.

리는 세 명 역시 말 위에서 연신 목청을 높여 웃거나 떠들어 대며 둘을 쫓았다.

처마 밑의 붉은 등이 비단 잉어의 꼬리처럼 나풀거리며 지나가는 행인들의 시선을 사로잡는다. 붉은 등 아래로 곱게 차려입은 기생 몇과 거간꾼들이 홍등에 홀려 멈춰선 이들의 팔을 끌어 대문 안으로 밀어 넣는다. 기생들의 향기에 취한 이들의 귀에 홍정의 달인들인 거간꾼들의 달콤한 속삭임까지 더하면 웬만한 사람들은 못이기는 척 떠밀려 홍등가의 문턱을 넘고 만다. 보드라운 기녀의 손길에 집에서 자신을 기다리고 있을 처자식 생각은 하얗게 날려 버리고 저도 모르게 얼빠진 웃음을 짓는 것이다. 그런 홍등가도 질서가 있으니, 웃음을 파는 기녀들이라고 해서 다 같은 것은 아니었다. 노래와 춤은 물론 높은 학식까지 두루 갖추어 웬만한 양반님네들도 혀를 내두를 만큼 서화에 능한 일패기생들부터 일패기생인 척하지만 뒤로는 몸을 파는 은근짜 이패기생, 몸을 파는 것을 업으로 삼는 삼패기생까지 기생도 격이 있다. 기생들 중 으뜸인 일패기생들 중에서도 미모가 가장 뛰어난 이들만 모였다는 '월향루'는 요새 풍류 좀 즐긴다는 양반들 사이에서는 단연 최고의 화두다. 며칠 전 유명한 대상단의 상단주가 월향루의 최고 기녀의 웃음을 얻기 위해 하룻밤 사이에만 날린 돈이 수만 냥이 넘었다는 일화는 월향루의 위상을 더욱 높여 주었다. 손님 역시 가려 받아 웬만한 부자나 당상관 이하로는 문지방을 넘지 못한다고 한다. 그런 월향루가 마침내는 배가 불렀는지 오늘은 아예 문을 닫아 버렸다. 분명 불은 환하고 기녀들의 웃음소리가 끊이질 않는데, 대문은 굳게 닫혀 있고 손님을 맞이하는 문지기와 흥정을 붙이던 거간꾼들이 온데간데없다.

월향루를 찾았던 많은 이들이 어리둥절해하며 발길을 돌리는 가운데, 말을 탄 무리가 차례대로 월향루 앞에 멈춰 섰다. 가장 먼저 도착한 치신이 목청을 높였다.

"이리 오너라."

그러자 굳게 닫혀 있던 대문이 살짝 열리고 수염을 지저분하게 기른 남자 얼굴 하나가 불쑥 튀어나왔다.

"오늘은 예약이 꽉 찼으니……."

"내가 매화랑이다."

"아, 예약하신 분이십니까? 몰라 뵈어서 죄송합니다. 어서 안으로 드시지요."

남자는 머쓱한 표정을 지어 보이더니 이내 대문을 활짝 열고 종자 몇을 불러 손님들이 끌고 온 말을 마구간으로 데려가라 지시하고는 정중한 태도로 후원에 위치한 정자로 그들을 안내했다. 정자 위에는 화려하게 치장한 기생 몇과 말 그대로 상다리가 부러질 정도의 주안상이 차려져 있었다.

정자로 안내를 받아 가는 도중에 세자가 치신의 옆구리를 찌

르며 이죽거리기 시작했다.

"아니, 치신이 자네가 그 유명한 풍류객 매화랑이었는가? 기녀들은 물론 여염집 아낙들까지도 안 넘어온 여자가 없다던데, 진짠가?"

"저하, 사람들이 듣습니다. 그만하시지요?"

"자네야말로 그만하지? 효령이 아니, 이보 저 녀석도 그렇고 그놈의 저하 소리 좀 그만했으면 좋겠는데."

"저하께서 그만하시면 저도 그냥 벗처럼 편하게 호칭하겠습니다."

"알았다. 그만하지."

곧 정자 위에서는 유흥이 거하게 벌어졌다. 하나같이 훤칠한 풍채에 값비싼 명나라의 비단으로 옷을 지어 입은 귀공자들이다 보니 서로 옆에 가 앉겠다고 기생들끼리는 뒤에서 치열하게 암투를 벌였다. 개중에는 그들을 알아보는 기생들도 있었다.

"어머, 저분이 그분 아니니? 황 판서 댁의 첫째이신……."

"얘, 요즘 누가 저분을 부를 때 그리 부르니? 웬만한 사람들은 다들 매화랑이라 불러."

"옆에 분도 어딘지 눈에 익은데, 누구시지?"

"어머, 어머 얘가 겁도 없이! 어디 손가락을 함부로 놀리는 거야?"

"안 보는데 무슨 상관이니?"

“멍청하기는. 저분이 바로 세자 저하시란 말이야. 왼쪽에 앉은 분이 효령대군, 그 옆에 분이 이종질인 민추, 또 그 옆이 도평군이셔.”

“어머나, 그런 분들이 어떻게…….”

“입을 함부로 놀리다간 큰일 난다.”

기생들이 기함할 정도의 다섯 사람은 그것을 아는지 모르는지 그저 유흥에 흥건히 젖어 신분도 망각한 채 기생들의 치마폭에 싸여 얼굴에는 붉은 연지를 묻히고 유행하는 시조를 큰소리로 읊어 대는가 하면 주량이 가장 약한 민추는 기생의 품에 안겨 곯아떨어진 지 오래였다.

그때, 아까 그들을 안내했던 지저분한 수염이 다급한 표정으로 달려와 정자 앞에 무릎을 꿇었다. 잔뜩 상기된 얼굴로 숨을 고르기 위해 헐떡이는 남자의 모습을 보고 무언가 심상치 않은 기운을 느낀 치신과 세자가 그를 다그치기 시작했다.

“무슨 일인데 이렇게 소란을 피우는 게야?”

“출입이나 단단히 단속하라 했거늘.”

“그게…….”

남자가 뭐라 말을 하기도 전에 그들의 귀로 불벼락이 떨어졌다.

“네 이놈들!”

순간 둘은 물론이고 유흥을 즐기고 있던 모두가 그 자리에 얼어붙었다. 특히 세자와 효령의 얼굴은 애처로울 정도로 하얗게 질렸다.

"아, 아바마마……."

"저놈들만 남기고 모든 이들을 물려라!"

얼굴에 노한 기색이 가득한 태종은 뒤를 따르던 수행원들에게 다섯을 제외한 기녀와 흥을 돋우던 악사 등 모든 이들을 물릴 것을 명하고는 성큼성큼 정자에 올라 주안상을 모두 뒤엎어 버렸다. 양녕의 뒤에 숨어 옷깃을 붙들고 버티던 남은 기생마저 비명을 지르며 달아나 버리고 나자 태종은 분노를 감추지 못하고 고함을 치기 시작했다.

"너희들이 진정 미친 게 분명하구나! 세자, 너는 그리 월담을 하지 말라 일렀거늘! 이제는 아우마저 악의 구렁텅이로 밀어 넣으려고 하느냐."

담이 약한 효령은 벌써 눈물을 글썽이고 있었다. 소란으로 잠이 깼던 민추는 실눈을 뜨고 태종의 얼굴을 확인한 뒤 여전히 자는 척 연기를 하고, 치신과 세자, 도평군은 사색이 되어 그저 고개를 수그린 채 태종의 분노를 받아 냈다.

"황치신! 그대는 그대의 아버지를 반의반도 닮지 못하였구나. 호부 밑에 견자 없다던데, 그대를 보면 그 말도 틀린 듯하구나!"

태종의 직설적인 비난에 치신의 얼굴이 붉게 달아올랐다. 도평군의 뺨 역시 붉게 달아올랐다. 선왕의 자식인지라 별다른 언

급은 하지 않았지만 태종이 한심하다는 눈으로 자신을 응시하고 있음을 알고 있기 때문이다. 하지만 둘과는 달리 세자의 표정은 눈에 띠게 평온해져 갔다. 그러더니 이내 꼿꼿이 고개를 들어 태종과 시선을 맞추었다.

"아바마마, 소신 분명 잘못된 행동을 한 것은 맞으나 아바마마께서 이리 대응하시는 것도 옳다고는 생각되지 않사옵니다."

"뭣이라?"

"사지가 멀쩡한 사내들이 모여 유흥을 즐기는 것이 어떻단 말입니까? 아버님께서도 가끔 궐 밖으로 외유를 나가시지 않습니까? 저라고 못할 것은 무엇이며, 그러한 행동이 잘못되었다 하더라도 이렇듯 아바마마께서 모욕을 주시는 것은 정당하지 않다 생각하옵니다."

태종은 세자의 뻔뻔스러운 모습에 기가 차 말조차 잇지 못했다. 단 둘만 있었다면 체통을 잃고 당장 손찌검을 했을지도 모를 일이었다. 그러나 태종은 냉정하게 판단을 하였고, 그도 오면서 이렇게 일을 크게 벌이지 않을 거라 다짐했던 터라 마음을 가다듬었다.

"그래, 네 말도 일리가 있구나. 하지만 네 행동은 분명 잘못되었다. 이는 인정하겠지?"

"예."

"나도 이리 화를 내러 온 것은 아니었다. 네게 긴히 할 이야기가 있기에 그만 전하고 조용히 돌아가려 했으나, 네놈들이 하는 행태가 하도 가관이라 이리되고 말았느니라."

"하실 말씀이 무엇이옵니까? 소자 경청하겠나이다."

"세자를 남기고 모두들 자리를 비켜 주겠느냐?"

한결 부드러워진 태종의 어조에 세자를 제외한 넷은 고개를 조아리며 황급히 자리를 떴다. 민추 역시 태종의 축객 령에 튕기듯 자리를 박차고 일어나 사라졌다.

"이제 말씀하시지요."

"영웅은 호색이라 하였지만 너는 그 정도가 지나치구나. 장차 나라를 물려받을 놈이 이리 주색에 빠져 있어서야 되겠느냐?"

"훈계라면 궐에 돌아간 뒤에 달게 듣겠습니다."

"아니다. 궐에는 듣는 귀가 너무 많구나. 오히려 이곳이 더 안전하다 여겨 이리 왔느니. 너, 넷째를 어찌 생각하느냐?"

"넷째라면, 성녕을 말씀하시는 겁니까?"

"그래."

"아버님도 잘 아시지 않습니까. 제가 아우 중 가장 아끼는 이가 성녕이옵니다. 조금 과장하면 제 아들 또래쯤 되니 당연히 귀여울 수밖에요."

"달리 묻겠다. 세자로서 내 뒤를 이을 생각이 있기는 한 것이냐?"

"왜 그것을 굳이 물으시는지 저의를 모르겠사옵니다."

“있는지 없는지만 확실히 해다오.”

“있사옵니다. 하지만 요즘에는 확신이 잘 들지 않습니다. 아바마마의 뜻이 제게 있지 않다는 것은 알고 있사옵니다.”

“그래, 숨기지 않으마. 내 너를 아끼고, 보위를 잇기를 바라지만 네게 부족한 자질이 너무 많구나.”

태종의 말에 세자의 눈이 도전적으로 빛났다.

“그렇다면 제가 갖지 못한 자질을 유약한 충녕은 가졌단 말입니까?”

“그렇다. 하지만 네게도 기회를 주고 싶구나. 기회를 받겠느냐?”

“받지 않으면 어떻게 되는 것인지 모르겠습니다.”

“받지 않으면 충녕에게 줄 뿐이다.”

“받겠습니다. 기회가 무엇입니까?”

“성녕을 죽여라. 성녕을 죽인다면 내 너에게 모든 것을 주겠다.”

“대체 무슨 연유로 성녕을 죽이라는 건지 모르겠습니다.”

“성녕은 내 자식이 아니다. 왕실의 치부를 그냥 둘 수 없으니 조용히 처리해다오. 네게 부족한 자질은 단호함이다. 무예를 즐겨 성격은 괄괄하고 호탕하나 너는 잔정이 너무 많구나. 그것은 장차 네가 나라를 경영하게 되었을 때 치명적이다.”

“왜 이제와 성녕을 내치시려 하시는 겁니까? 14년 동안 품어

오시질 않으셨습니까. 성녕이 아바마마의 자식이 아니라도 그것이 성녕의 죄는 아니지 않습니까."

"14년간 나는 성녕이 내 자식인 줄 알았다. 하지만 이제는 아니라는 것을 알았으니 제거해야지. 불화의 싹은 애초에 자르는 것이 이롭다. 못할 것 같으면 거절해도 좋다."

태종은 갈등하는 세자의 어깨를 몇 번 다독거리며 '믿으마.' 하고 작게 속삭인 뒤 수행원들과 함께 궐로 돌아갔다. 홀로 남겨진 세자는 가만히 앉아 밤하늘의 별을 세며 고뇌했다.

"별 하나, 성녕은 내 아우가 아니다. 별 둘, 성녕은 내 아우다. 별 셋, 나는 왕이 되고 싶다. 별 넷, 아니다. 나는 왕이 되고 싶지 않다. 별 다섯……."

며칠 후, 어머니인 원경왕후에게 문안을 올리러 가던 세자는 왕후의 처소 앞에서 마주 오던 충녕과 마주쳤다.

"강녕하셨습니까, 저하. 문안을 올리러 가는 길이시면 함께 가시지요."

"그러자꾸나."

"얼굴을 뵙기가 참으로 힘듭니다. 요즘도 궐 밖 나들이를 즐기십니까?"

"……."

뼈 있는 충녕의 말에 세자는 표정을 굳혔다. 그런 세자의 기색을 느꼈는지 충녕은 재빨리 얼버무리며 말을 맺었다.

"백성들의 삶을 헤아릴 수 있는 의미 있는 시간이지요……."

그때, 멀리서 작고 경쾌한 발소리가 들려왔다. 세자는 발소리만으로도 누구인지 알아차렸다. 바로 막내 동생 성녕의 발소리였다. 태종과의 밀약을 망각한 채 세자는 밝은 표정으로 성녕이 오는 쪽으로 고개를 돌렸다. 성녕도 세자를 발견하고는 만면에 미소를 띠운 채 달려왔다.

"형님!"

주변에 보는 눈들이 있다는 사실도 잊었는지 성녕은 친근한 호칭을 부르며 달려왔다.

"성녕, 오랜만이구나!"

"형님, 많이 바쁘십니까? 소제 서운합니다. 아무리 바쁘셔도 그렇지 예전만큼 저를 예뻐하지 않는 것 같습니다."

"하하, 눈치 한 번 빠르구나. 요새는 너보다 후원의 청둥오리가 더 예쁘다."

"정말이십니까?"

"너한테는 농담도 못하겠구나."

살갑게 대화를 나누며 걸어가는 세자와 성녕의 뒤를 조용히 따르던 충녕의 표정이 살짝 어두워졌다.

"어마마마께 문후 여쭈웁니다."

삼 형제의 인사를 받는 왕후의 얼굴에 웃음꽃이 피었다.

“내 이렇게 한꺼번에 인사를 받으니 세상의 금은보화를 모두 가진 듯 마음이 든든합니다.”

오랜만에 둘러앉아 다과를 즐기며 이야기를 나눈 후 충녕과 성녕이 각자의 처소로 돌아간 뒤에도 세자는 자리를 뜨지 못하고 남았다. 이상한 눈치를 느낀 왕후가 연유를 묻자 세자는 잠시 고민하다 이내 고개를 가로저으며 물음을 포기했다.

“오랜만에 뵈오니 반가워서 자리를 떠날 수가 없어서 그랬습니다. 불충한 소자를 용서해 주세요. 어마마마.”

“아닙니다. 요새 세자가 열심히 하고 있다는 것을 알고 있습니다. 대신들과 전하의 눈초리가 매서우니 각별히 조심하시길 바랄뿐입니다.”

“예, 소자도 이만 물러가겠습니다.”

동궁으로 돌아가는 세자의 발걸음이 눈에 띄게 무거워 보였다. 자꾸만 눈에 성녕의 밝은 미소가 어른거려 견딜 수가 없었다. 그와 반대로 단호한 표정으로 기회를 주겠노라 말하는 태종의 모습 역시 떠올랐다. 세자는 고개를 저으며 뒤를 따르던 내관에게 활을 준비하라 일렀다. 활을 쏘며 잡념을 털어 보려는 의도였지만 이내 의욕이 떨어져 준비를 마치고 돌아온 내관에게 명을 철회하곤 동궁전 서재 깊은 곳에 홀로 앉아 혼란스러운 마음을 달랬다.

한참을 고민하던 세자는 마음을 굳혔다. 아무리 보위를 물려

받고 싶어도 천륜을 어기는 짓을 할 수는 없었다. 아버지인 태종을 보아도 천륜을 어기는 것은 할 짓이 못되었다. 형제의 피를 바탕으로 왕좌에 오른 태종은 죄책감으로 인해 매일 밤 형제들의 혼령에 시달렸고, 평생 태조의 인정을 받지 못한 죄인으로서 마음의 짐을 안고 사는 모습을 보아 왔기 때문에 세자는 똑같은 짐을 안고 갈 수는 없다고 생각했다. 그리고 결정적으로 성녕이 동생이 아닌 이유를 듣지 못했다. 아예 짐작이 가지 않는 것도 아니지만 확실하지 않고 믿고 싶지 않았다. 태종이 오해를 한 것일지도 몰랐다. 당시에는 화가 나서 그리 말했지만 확실하지 않은 일이었다.

고뇌의 깊이가 깊었는지 정신을 차려 보니 주변이 캄캄했다. 반쯤 열린 장지문 밖으로 밝게 빛나는 별빛이 그의 결심을 더욱 단단하게 굳혀 주었다.

"별 하나, 성녕은 나의 아우다 영원히……."

자신을 찾으러 온 내관의 애정 어린 잔소리를 들으며 세자는 내일은 태종에게 자신의 입장을 밝히러 가야겠다고 생각하며 침소에 들었다.

그런 세자의 생각은 실천에 옮겨지지 못했다. 다음 날 궐이 발칵 뒤집혔기 때문이다. 성녕대군이 간만에 원인 미상의 발작에 시달렸는데, 어의가 진단하기를 급성 독극물 중독이라 하였다. 때 아닌 독살 파문이 온 궐을 휩쓸었다. 모두들 쉬쉬했지만 소문은 일파만파로 퍼져나갔다.

상쾌한 기분으로 기상해 궁녀들의 시중을 받으며 느긋하게 세수를 하고 있던 세자는 갑자기 날아든 소식에 의관도 제대로 갖추지 못하고 성녕의 처소로 뛰어갔다.

"좋아! 좋아! 네가 어찌 이리되었느냐!"

반쯤 울먹이는 소리로 성녕대군의 이름을 부르며 방문을 연 세자에게 또다시 불벼락이 떨어졌다. 이번에는 고함 소리가 아닌 육체적인 아픔이었다. 짝 하는 거친 소리와 함께 세자의 얼굴이 오른쪽으로 돌아갔다. 난데없는 공격에 놀란 세자가 멍한 기분으로 고개를 바로 돌리자, 불벼락의 장본인인 태종이 눈물이 그렁그렁한 눈으로 세자를 노려보고 서 있었다. 까닭을 모르는 세자는 계속해서 멍한 표정을 지어 보였고, 그런 세자의 모습을 보던 태종의 눈빛은 점점 매서워질 뿐이었다.

"네놈이 독한 줄은 알았지만 이토록 독할 줄은 몰랐구나. 너는 실격이다. 이제 더 이상 나도 네게 기대하는 바가 없다. 네 멋대로 살아 보거라!"

태종의 말을 듣던 세자는 그제야 태종이 분노하는 이유를 알게 되었다.

"아바마마! 아니옵니다! 아바마마!"

멀어지는 태종을 애타게 불러 보았지만 이미 등을 돌린 태종은 점점 멀어질 뿐이었다. 허탈한 기분으로 자리에 주저앉은 세자를 바라보는 주변 사람들의 시선은 싸늘하다 못해 얼음장처럼 차가웠다. 뭐라고 입을 열어 변명하려 했지만 차마 입이 떨어지질 않아 포기하고 그냥 동궁전으로 돌아왔다.

"가서 활을 가져오너라."

혼란으로 가득한 마음을 진정시키기 위해 들어서자마자 활을 찾던 세자는 입구에서 자신을 기다리고 서 있는 효령을 보고는 어제와 같이 금세 명을 철회했다.

"저하, 궐에 도는 소문을 들으셨습니까?"

"안 그래도 영문을 모르겠다. 자세히 고해 보거라."

"듣는 귀가 많습니다. 안으로 드시지요."

방으로 들어 문 앞을 지키는 궁녀와 내관들까지 물린 이후에야 효령은 입을 열었다.

"아주 짐작이 가지 않는 것은 아니나 네게 정확한 이야기를 듣는 게 좋겠구나."

"간밤에 종이, 아니 성녕이 발작을 일으킨 것은 알고 계시지요?"

"그래, 그렇게 듣고 황급히 달려갔다 아바마마께 불벼락을 맞았다."

"성녕이 그리된 연유가 독 때문이라고 합니다. 그리고 성녕이 독에 중독된 것이……."

"나 때문이라고들 생각하고 있군."

“예.”

“나는 아니다…….”

“저하, 아니 형님! 이것은 그저 여염집의 형제로서, 아우로서 하는 말이니 고깝게 듣지 마십시오. 저 역시 형님을 의심하고 있습니다. 정말 아니십니까? 혹여 형님께서 하신 일이래도 소제는 탓하지 않겠습니다. 다만 진실을 알고 싶습니다. 근래 형님을 대하는 아바마마의 태도가 예전 같지 않다는 걸 알고 있습니다.”

“아니다. 정말 나는 아니야.”

효령이 떠난 이후에도 홀로 상념에 빠져 있던 세자는 흐릿하게만 보이던 것들이 서서히 윤곽을 잡아 가는 것을 느끼며 자리를 박차고 일어났다. 이대로 멍하니 당하고만 있을 때가 아니었다. 의문점을 해소하고 결백함을 밝혀야 했다. 그리고 여전히 사경을 헤매고 있는 성녕의 목숨 역시 구해야 할 터였다.

주변의 따가운 눈초리를 견디면서도 세자는 다음 날부터 수라간이며 내의원, 성녕의 처소 등을 부지런히 드나들며 진상 조사에 착수했다. 그렇게 조금씩 진실에 다가가던 중 근신 처분과 동시에 폐 세자에 대한 여론이 형성되어 조정에서 논의되고 있다는 사실을 알게 되었다. 곧 동궁전은 폐쇄되었고, 세자의 발은 묶였다. 수족들을 통해 계속해서 증거나 그날의 정황 등을 수집하고는 있었지만 완벽하지 못했다. 그렇게 답답함이 날로 증폭되던 중 청천벽력 같은 소식이 전해졌다. 바로 성녕의 죽음이었다.

“저하, 성녕대군께서…….”

내관의 말이 끝나기도 전에 세자는 그 자리에 개구리처럼 엎드린 자세로 대성통곡을 하기 시작했다. 믿을 수가 없었다. 불과 며칠 전만해도 티 끝 하나 묻지 않은 천진한 얼굴로 웃어 주던 성녕이었다. 눈에 넣어도 아프지 않을 소중한 아우가, 그것도 자신이 죽였다고 생각하며 죽어 간 것이다. 분노가 참을 수 없이 솟았다. 시작도 끝도 없이 쏟아지는 여름날의 장맛비처럼 그렇게 분노와 슬픔, 무력감이 한데 뒤엉켜 세자를 침식시켰다.

며칠 후, 폐 세자가 확정되었다. 표면적으로 드러난 이유는 세자의 방탕한 생활을 더 이상 두고 볼 수 없다는 것이었다. 성녕의 죽음 역시 홍역으로 인한 것이라 공표되었다. 폐 세자가 확정되기 전날 동궁전을 찾은 태종은 왕의 가면을 벗어던지고 아버지로서 절규하고 또 아버지로서 세자, 아니 양녕을 용서하곤 출궁 령을 내렸다.

“그리 보위가 탐나더냐? 그때 내가 너에게 냈던 조건의 진위는 사실 반대였다. 네게 인간다운 면모가 있는지, 형제에 대한 애정이 있는지 알아보고자 냈던 조건이었다. 성녕은, 네 아우가 맞다. 너는 내가 가장 사랑하는 아들이었다. 용서하고 싶지는 않지만 더 이상 내 손에 피를 묻히고 싶지는 않구나. 결국 너도 나와 같은 길을 걷는구나 아들아…….”

“아바마마…….”

“평생을 나와 같은 짐을 짊어지고 살아가거라.”

전날 성녕의 처소에서와 마찬가지로 뒤도 돌아보지 않고 멀어져 가는 태종의 뒷모습을 바라보며 양녕은 조용히 숨죽여 울며 습관처럼 별을 셀뿐이었다. 이제는 아무것도 할 수 있는 것이 없었다. 지독한 무력감이 몰려와 해일처럼 그를 뒤덮고 숨통을 죄였다.

“별 하나……”

폐 세자의 오명을 쓰고 출궁한 양녕은 범부처럼 툇마루에 드러누워 가만히 노을 지는 하늘을 구경하고 있었다. 갑자기 타오르듯 붉게 물든 시야가 깜깜해졌다.

“청승맞게 뭘 하고 있는 거냐.”

핀잔이지만 따뜻함이 잔뜩 묻어 있는 벗의 목소리였다.

“치신이, 자넨가?”

“언제까지 그렇게 이름을 막 부를 건가. 잔뜩 허세를 부려서 지어 놓은 호가 자네 때문에 먼지만 뒤집어쓰고 있잖아. 어때? 그토록 좋아하던 궐 바깥세상에서 사니 좋지?”

“그래. 좋네, 좋아.”

“곧 민추랑 도평군, 아니 말생이가 올 걸세. 전에 부탁했던 증거를 찾은 모양이네. 역시 자네 직감이 맞았어.”

“역시 충녕의 짓이었나?”

"사실을 알게 된 게 맞는 것인지 모르는 게 약인지 알 수가 없네."

곧 치신의 말처럼 민추와 도평군이 도착했다. 둘이 가져온 것은 한 약초 상인의 거래 장부였다. 약초 상인은 말이 약초 상인이었지 가까이로는 왜국, 멀리는 비단길을 통해 서역까지 거래를 하는 대상인이었다. 그런 그가 주로 다루는 것은 조선에서는 찾기 힘든 온갖 약초와 독극물들이었는데, 어의가 정확히 진단할 수 없을 정도의 독이라면 분명 이 상인을 통해 수입된 독일 것이라 짐작한 양녕은 어렵게 치신과 벗들에게 연락을 넣어 조사하도록 부탁했던 것이다. 그리고 그 독을 구입한 이는 충녕의 시중을 맡고 있는 강 내관이었다. 양녕이 폐 세자가 되고, 세자로 책봉된 것은 둘째인 효령이 아닌 충녕이었다. 태종의 마음이 충녕에게 기울었던 것을 익히 알고는 있었지만 양녕은 새삼 충격을 받았었고, 그로 말미암아 충녕이 범인이라는 심증이 굳어졌다.

장부에는 갑돌이라는 천민들이나 사용할 법한 흔한 이름이 씌어 있었지만 장부 밑에 붙어 있는 물건을 주문하면서 걸어 놓았던 예약금에 대한 확인으로 해 놓은 수결은 분명 강 내관의 것이 분명했다. 그날 강 내관이 궐에 머물지 않고 다른 이와 근무를 바꾸었던 사실도 이미 확인한 이후였다.

분명 원하던 물증을 얻었건만 양녕의 마음은 더욱 무거워졌다.

성녕의 죽음 이후 폐쇄된 동궁전 안에서부터 줄곧 고뇌했던 권력의 무상함과 보위를 노리는 경쟁자로 잠시 멀리하고 시기했지만 충녕 역시 사랑하는 아우임에 틀림없었다. 예전에는 잡기에 능한 충녕에게 서화며 바둑, 낚시 등을 배우며 정답게 지내곤 했다. 그런 좋았던 추억이 눈앞을 스치듯 지나가며 아버지의 기대에 부응하기 위해 더욱 열심히 공부하다 앓아눕기까지 했던 충녕의 모습이 떠오르자 눈시울이 붉어졌다. 그리고 자신과 같은 길을 걷는다며 절규하던 아버지의 실망하던 모습 역시 생생하게 떠올랐다. 양녕은 가만히 눈을 감았다. 결정을 내려야만 했다.

잔잔히 일렁이는 연못의 수면 위로 또 하나의 달이 떴다. 물결에 부딪쳐 조각난 달빛 사이로 활짝 기지개를 켠 연꽃들이 교교한 자태로 향을 뿜내는 가운데, 낯선 침입자의 손길이 부드럽게 물길을 가르고 새로운 파장을 빚어 냈다. 이윽고 침입자는 연꽃을 뿌리와 분리해 꺾어 올렸다. 허리가 부러진 연꽃은 진주알 같은 눈물을 흘렸다. 연꽃의 눈물에 소매가 흠뻑 젖은 침입자는 낮은 소리로 작게 투덜거렸다. 그런 그의 투정에 반박이라도 하듯 뒤에서 큰 목소리로 대꾸하는 소리가 들려왔다.

"소매가 젖는 게 싫다면 꽃을 꺾지 않으면 되는 게 아니냐. 총명한 네가 그걸 모르지 않을 터인데 어찌하여 무의미한 투정을 하느냐."

"오셨습니까, 형님. 선물로 드리려 꺾었는데, 마음에 드시지 않으신가 보군요."

전혀 당황한 기색 없이 연꽃을 내밀며 씩 웃어 보이는 충녕의 얼굴을 보며 양녕은 씁쓸한 기색을 감추지 못했다.

"그것은 내가 아니라 성녕에게 주거라. 착한 아이니 네 어설픈 사과도 받아 줄지 모른다."

"그랬으면 좋겠습니다. 역시 형님은 알고 계셨군요."

"내가 알았다는 사실을 알고 입막음을 위해 나를 부른 것이 아니더냐?"

"예, 맞습니다. 아니, 사실은 변명하고 싶어서 형님을 부른 게 맞습니다."

"네 행동에 무슨 변명이 있겠느냐."

"죽이려고 한 것은 아니었습니다. 그저 형님이 독을 탔다 아바마마께서 믿으실 만큼만 일을 벌일 참이었는데, 상인이 독에 대해서 지나치게 과장된 설명을 하는 것 같아 약을 조금 독하게 썼더니 일이 그리되고 만 것입니다."

"그렇다고 해서 네 행위가 용서되지는 않을 것이다."

"알고 있습니다. 그래도 변명이라도 하는 것이 마음의 짐을 더는 길이라 여겨 이렇게 형님을 뵙자 청하였습니다."

"내 입을 막고자 함이 아니라?"

"처음에는 그리하려고 하였으나 생각해 보니 이리해선 아바마마의 전철을 밟는 것밖에 되지 않을 것 같아 그만두었습니다……. 형님, 어찌하여 아바마마께 사실을 고하지 않으십니까?"

내내 평온한 표정을 짓고 있던 충녕의 얼굴이 감정을 이기지 못하고 잔뜩 일그러졌다. 가득 차오른 눈물은 짙은 밤색의 눈동자를 지나 뺨을 타고 방울방울 흐르기 시작했다. 달빛 아래 드러난 충녕의 하얀 얼굴은 죄책감과 두려움으로 가득했다. 잠을 제대로 자지 못했는지 눈 밑은 검었고 피부는 거칠었으며 입술은 가뭄이라도 든 것처럼 잔뜩 갈라져 있었다. 늘 여유롭던 충녕의 가면 같은 얼굴이 아닌 완벽한 죄인의 얼굴이었다.

양녕은 가만히 충녕의 눈동자를 응시하더니 이내 등을 돌리고 천천히 후원을 벗어나며 말했다.

"아바마마께는 사실을 고하지 않을 생각이다. 하지만 나는 너를 용서치 않을 것이다. 연유야 어찌되었든 너는 형제를 살해한 죄인이다. 평생을 그렇게 벗겨지지 않는 멍에를 지고 살아가거라. 살아 있는 동안 내가 지켜보마. 네가 그토록 염원하여 얻은 왕좌가 얼마나 값어치 있는 것인지."

"형님……."

후원을 벗어난 뒤 예전에 곧잘 했던 것처럼 궐의 담장을 뛰어넘으려던 양녕의 뒤로 누군가의 목소리가 그물처럼 날아와 그를 옴짝달싹 못하게 옭아매었다.

"제야, 어딜 그리 바삐 가느냐. 좀 더 놀다가지 않고……. 매일 밤 네가 올까 하여 이곳에는 일부러 경계를 허술히 해 놨느니라."

"아바마마……."

"처음부터 알고 있었다. 네가 내게 와 말했다 해도 결과는 변하지 않았을 것이다."

"무슨 말씀이십니까?"

"내가 꿈꾸는 조선의 미래에 어울리는 왕은 네가 아닌 충녕이기 때문이다. 조선은 이제 무인이 아닌 문인이 필요하다. 너는 지나치게 피가 끓어."

"그게 아니라 그저 닮은꼴을 찾으신 게 아닙니까? 자신의 친형제마저 모질게 잘라 낼 수 있는 닮은꼴을요."

"그랬는지도 모르지. 하지만 오해다. 성녕은 진정 홍역으로 죽은 것이다. 충녕에게 평생 상처로, 저주로 남겠지만 그 상처와 저주로 말미암아 항상 바른 선택을 할 수 있게 되겠지."

"설마……."

"그래. 나는 그 아이에게 모자란 부분을 그렇게라도 채워 주고 싶었다. 군왕이 마냥 좋기만 한 자리가 아니다. 한 사람의 인간이기보다 스스로를 죽여야 하는 그런 자리지. 평생을 회개하고 잘못을 뉘우치듯 베풀며 살아야 하는 것이 군왕의 숙명이다. 너는 그 업보를 짊어질 자신이 있느냐?"

양녕은 가만히 고개를 가로저었다. 아련히 쏟아지는 달빛 아래 두 사람은 그렇게 그림처럼 한참을 멈춰 있었다. 그들의 시간을 다시 되돌린 것은 성 밖에서 들려오는 통행금지 해제를 알리는 북소리였다. 아스라이 밝아오는 하늘을 바라보며 양녕은 다시금 멈춰선 발걸음을 떼어 담장 위로 뛰어올랐다. 담장 위에 가볍게 안착한 양녕을 바라보며 태종은 한숨 쉬듯 작게 중얼거렸다.

“역시 너는 이 궐 안에 고여 있을 물이 아니로구나.”

“군왕으로서의 짐을 짊어질 만큼 힘이 세지도 않고요.”

“그래, 충녕은 좋은 왕이 될 거다.”

“진주를 품는 조개처럼, 그렇게 상처를 보듬고 예쁜 진주를 토해 내겠지요.”

그 말을 마지막으로 양녕은 담 밖으로 훌쩍 사라졌다. 빈 담장 위를 바라보는 태종의 입가에 희미한 미소가 걸렸다.

콩트 · 수필

| 꽁트 |

김태란(수필가)

1992년 서울 출생으로 2010년 『문학시대』에 수필을 발표하면서 작품 활동을 시작했다. 제32회 만해백일장 대학일반부 산문 부문 장원, 제19회 호국문예백일장 산문 장려상 등을 수상하였다. 대진대학교 문예창작학과에 재학 중이며, 대진대학교 시 동아리 '시작이반', '문학시대', '한마루' 동인으로 활동 중이다.
• she1best@hanmail.net

추석빔

귓속은 계속 간지러웠다. 효연은 새끼손가락으로 귀를 후볐다. 스무 살밖에 안 된 그녀였지만 표정만큼은 일을 끝내고 들어온 가장의 표정 같았다. 만취한 손님이 계산대 앞에서 계속 술주정을 하고 있었다. 편의점은 물건을 파는 곳이지 술주정을 하는 곳이 아니었다.

"그러니까 학상도 인생을 잘 살란 말이여. 나는 이만 물러날 텐게."

이십 분 넘게 술주정을 하던 남자는 그제야 편의점을 나섰다. 효연은 계산대 안쪽에 있는 작은 의자에 걸터앉았다. 밤에 하는 편의점 아르바이트는 매우 괴로웠다. 편의점 근처에 주점이 많아서인지 주정뱅이들이 유난히 많았다. 잠을 못 자는 건 둘째치고

80

소란스러운 주위 환경과 온갖 사람들이 그녀를 괴롭혔다. 학비를 벌고자 시작한 편의점 아르바이트였지만 지나치게 힘든 날들이 많았다. 넓지 않은 편의점에는 텔레비전도 컴퓨터도 없었다. 스마트한 휴대폰도 없는 효연이 할 수 있는 건 오직 '읽기'였다. 좋아하는 작가의 책을 읽기도 하고 편의점에 들어온 신문을 슬쩍 꺼내 읽기도 한다. 낮에는 식당에서 서빙을 하고 저녁엔 편의점에서 일하는 그녀는 세상 돌아가는 일에 어두웠다. 오로지 신문만이 그녀와 세상을 이어 주는 통로였다. 효연은 신문을 열심히 읽었다.

신문에는 참 많은 이야기들이 실려 있었다. 본에 당첨된 사람부터 TV쇼의 주인공이 됐다는 사람까지. 정말 많은 사람들의 이야기가 있었다. 그 안에서 효연은 더욱 외로웠다. 이상한 손님들만 만나다 보니 자신도 이상해지는 것 같았다. 착하게 살면 복이 온다던데 딱히 그런 것 같지도 않았다. 그래도 착한 단골 아주머

작가의 말

중학교 3학년 때 처음 문예창작학과를 알게 되었습니다. 그리고 그때부터 오로지 문창과 진학을 목표로 했습니다. 막연하게 꿈만 꾸던 열여섯 살 중학생이 어느새 문창과 학생으로 성장했습니다. 그리고 그 학생이 한마루 동인회라는 무대에 살며시 발을 들여놓았습니다. 그동안 제 손에 쥐어졌던 원고지와 펜들을 떠올려 봅니다. 한마루 동인회라는 무대 안에서 수많은 원고지와 펜과 함께 감동적인 춤을 추고 싶습니다.

니가 계셔서 일할 맛이 났다.

"효연아, 돈 벌어서 대학에 가는 게 네 평생 소원이랬지? 걱정 마. 아줌마가 도와줄게."

비록 말뿐인 말이었지만 아주머니의 말을 들으니 힘이 나는 듯했다.

그러나 아주머니의 말과는 반대로 편의점에는 더 이상한 손님들이 나타났다. 이해도 말도 안 되는 말만 하는 대머리 아저씨가 효연의 앞에 나타난 것이다.

"이봐요, 아줌마. 여기엔 왜 채소를 안 팝니까? 바나나도 팔고 망고도 팔아야죠."

대머리 아저씨는, 아니 대머리는 계속해서 물었다. 짜증이 치밀었다. 편의점에서는 도저히 팔 수 없는 물건들만 찾는 것이었다. 늙어서 아무것도 모르시겠거니, 하며 효연은 애써 짜증을 참아 냈다. 짜증이 나도 손님은 손님이었다. 취객에게 화를 내기도 뭐했다.

"아저씨, 편의점에서는 바나나를 팔지 않아요. 십 분 정도만 큰길을 따라가시면 농협이 나와요. 거기로 가세요. 내일 가시면 드시고 싶은 거 다 사실 수 있어요."

그러나 대머리는 그 말을 듣지 않았다. 그는 술에 취한 것 같지도 않았으나 자꾸 헛소리를 했다. 주점에서 술을 진탕 마신 후 찾아와 우유를 사 가는 취객의 냄새도 나지 않았다. 그의 정체가 궁금했다. 취객도 아닌데 정신이 이상하다면 답은 하나였다.

"정신이 완전 나간 놈이지, 뭐."

대머리가 편의점을 다녀간 후 효연은 조용히 중얼거렸다. 그녀는 그를 정신 나간 이상한 사람 정도로 생각했다. 야윈 얼굴과 늘 먹을 것을 찾던 모습이 생각났다. 집도 가족도 돈도 없는 사람인 걸까. 그렇게 결론을 내리니 대머리가 불쌍해지기 시작했다. 어릴 적 돌아가신 아버지가 문득 떠오른다. 앞으로는 조금이라도 따듯하게 대해 줘야겠다, 싶었다.

다음 날에도 대머리 아저씨는 어김없이 편의점을 찾아왔다. 효연은 어제 결심했던 것처럼 그에게 매우 상냥하게 대했다. 그가 그녀에게 얘기했다.

"배가 고파. 초밥이 먹고 싶은데 여긴 왜 샌드위치뿐이야. 있는 게 없구만."

어리광을 부리는 듯한 말투였다. 생각을 조금만 바꾸자 그가 너무 안쓰러웠다. 효연이 달래듯 얘기했다. 어제와는 확실히 다른 정다운 목소리였다.

"아저씨, 내일 다시 오세요. 초밥 사 놓을게요. 맛있는 거로만 골라서요. 꼭 오세요."

최저임금도 못 받는 처지에 초밥은 무리였다. 그래도 그에게 초밥을 사 주고 싶었다. 하지만 어쩐 일인지 그는 다음 날 나타나지 않았다. 추석이 얼마 남지도 않은 시점에서 안 좋은 일이 생긴 걸까 걱정이 됐다. 거금을 들여 사다 놓은 초밥이 차갑게 식어 가고 있다.

며칠 후 대머리 아저씨가 다시 편의점을 찾아왔다. 전과는 달리 얼굴에 생기가 있었다. 그 순간 여러 개의 카메라와 마이크를 든 여자가 편의점 안으로 들어왔다.

"TV쇼 〈그대에게 희망을〉에서 찾아왔습니다. 어려운 이에게 화 한 번 내지 않은 소녀에게 희망을 드립니다. 신청자인 이웃 아주머니의 말로는 등록금을 버는 게 소원이시라구요?"

효연은 귀를 후볐다. 이 상황과 말들이 믿기지 않았다. 드디어 대학에 갈 수 있게 된 것이었다. 추석빔을 받은 아이처럼 그녀의 얼굴엔 함박웃음이 지어졌다.

유실물 센터

석이는 주위를 두리번거렸다. 스물두 살의 삼수생인 그는 문제집을 찾는 듯했다. 좁디좁은 방 안에서 문제집을 잃어버리다니 어이가 없었다. 그때 방문을 열고 그의 엄마인 금순이 들어왔다. 손에는 포도가 담긴 접시가 있었다. 금순이 의아한 듯한 목소리로 묻는다.

"여기 포도 좀 먹어. 근데 손에 문제집은 왜 들고 서 있는 거야? 뭐 찾는 거 있니?"

석이가 애타게 찾던 언어 문제집은 그의 손에 들려 있었다. 이것이 그의 엄청난 단점이었다. 엄청나게 심각한 건망증, 병원에도 다녀왔으나 마땅한 방법은 없었다. 스트레스를 받으면 증상이 더 심해진다는 말만 해 주었다. 하지만 삼수생인 그가 스트레스를 안 받는 건 거의 불가능한 일이었다. 그놈의 스트레스 때문에 얼굴엔 엄청난 수의 여드름도 났다.

다음 날 석이는 어느 때와 마찬가지로 도서관으로 향했다. 공부는 확실히 도서관에서 해야 잘 됐다. 삼 년째 도서관에서 공부를 하는데 대학을 못 가는 이유는 알 수가 없다.

도서관에 도착한 석이는 그가 가는 4층 열람실로 향했다. 평소

와는 다르게 유난히 사람이 많았다. 그가 늘 앉던 자리에는 이미 다른 사람이 앉아 있다. 하는 수 없이 석이는 여섯 명이서 한 책상을 쓰는 자리에 앉았다. 평일 오전인지라 학생은 없고 대부분이 성인이었다. 회계사 시험을 준비하는 사람, 취업을 위해 영어를 공부하는 사람이 판을 치고 있다. 그 속에서 홀로 수능 공부를 하려니 어깨가 절로 움츠러졌다. 이번에 기필코 명문대에 합격하고 말리라. 책장을 넘기며 석이는 또다시 다짐을 했다.

얼마나 시간이 흘렀을까. 자꾸 누군가의 시선이 느껴졌다. 누군가 석이를 빤히 보고 있다는 느낌이 들었다. 슬며시 고개를 들자 맞은편에 앉은 여자가 그를 보고 있었다. 무슨 영문인지 여자는 석이를 향해 싱긋 웃더니 자리에서 일어나 밖으로 나갔다. 심장이 격하게 뛰기 시작했다. 여자의 웃음에 대해 의미를 부여하기 시작했다. 여자가 석이에게 반한 건지도 모른다. 석이는 여자에 대해 호기심이 생겼으나 애써 그 호기심을 참고 있었다. 그러나 잠시 뒤 석이의 몸은 열람실을 빠져나와 있었다. 괜히 화장실 앞도 어슬렁거리고 휴게실로 들어가 본다. 그럼에도 그를 보며 웃어 주던 여자는 찾을 수가 없다. 건망증 때문인지 그녀의 얼굴도 기억나지 않으려 했다. 석이는 그렇게 별 소득 없이 다시 열람실로 들어갔다. 자리로 돌아가자마자 그는 경악했다. 자리가 엉망진창이었다. 가지런히 정리해 두었던 문제집은 이리저리

옮겨져 있다. 그가 풀었던 모의고사 시험지는 땅에 떨어져 있다. 순간적으로 짜증이 치밀었다. 하지만 이내 그의 분노는 사그라들었다. 자리를 엉망으로 만든 건 자신이었을 거란 생각을 했다. 여자에게 정신이 팔려 정신없이 자리를 박차고 나온 것이 분명했다. 자리에 앉아 정리를 하는데 문제집에 노란색 포스트잇이 붙어 있는 게 아닌가.

〈공부를 다시 하시나 봐요. 이렇게 열정적으로 공부하시는 모습 너무 보기 좋습니다.〉

그의 얼굴에 미소가 지어졌다. 조금 전 그녀가 남긴 메모인 듯했다. 여드름투성이에 딱 봐도 늙어 보이는 석이가 마음에 든 모양이다. 내심 기분이 좋다. 그런데 이상하게도 그의 옆자리에 앉은 남자가 석이를 쳐다보고 있다. 알 수 없는 눈빛이다. 불현 듯이 메모의 주인공이 '여자' 가 아닐 수도 있다는 생각이 들었다. 그 생각이 들자 머리카락이 쭈뼛 섰다. 메모를 다시 보니 여자의 글씨체가 아닌 것도 같다. 옆자리의 남자는 계속 석이를 쳐다보고 있다. 남중, 남고를 나온 그에게 남자가 남자를 좋아한다는 건 익숙하게 봐 온 일이다. 그러나 이런 상황이 자신에게 닥치니 매우 당황스러울 뿐이었다. 공부든 자신에게 웃어 준 여자든 중요한 건 그게 아니었다. 어서 이 자리에서 벗어나야 했다. 문제집들을 주섬주섬 챙겨 주위를 두리번거리며 가방을 찾았다. 그때 빡빡머리의 남자가 석이에게 다가왔다. 빡빡머리는 짜증이 난 말투로 조용히 얘기했다.

"저기요, 여기 제 자리거든요. 남의 짐 챙기지 마시고 이제 그만 자리로 돌아가시죠?"

그 말에 놀란 석이가 책상 아래 놔둔 자신의 가방을 찾았다. 그러나 그 자리엔 석이의 가방이 아닌 다른 가방이 놓여져 있다. 건망증으로 인해 자신이 앉았던 자리도 까먹은 석이가 자리에서 일어났다. 석이는 주위를 두리번거렸다. 유실물 센터를 찾아가 기억력을 찾아오고 싶었다.

김태란(수필가)

1992년 서울 출생으로 2010년 『문학시대』에 수필을 발표하면서 작품 활동을 시작했다. 제32회 만해백일장 대학일반부 산문 부문 장원, 제19회 호국문예백일장 산문 장려상 등을 수상하였다. 대진대학교 문예창작학과에 재학 중이며, 대진대학교 시 동아리 '시작이반', '문학시대', '한마루' 동인으로 활동 중이다.

• she1best@hanmail.net

나는 여름을 쓴다

날이 점점 더워진다. 그럴수록 사람들의 얼굴에선 땀이 흐른다. 빵집에서 빵을 만드는 기사님의 얼굴에도 땀이 맺힌다. 빵집 안에도 밖에도 여름이 왔다.

'뚜레쥬르'라는 빵집에서 일을 한 지 벌써 반 년이 다 되어 간다. 처음 아르바이트를 시작한 건 단순한 호기심 때문이었다. 오래전부터 갖고 있던 환상이 나를 그곳으로 안내한 것이었다. 처음엔 오전에 일을 했었다. 아침잠이 없는 탓에 크게 힘들지는 않았다. 출근을 하면 냉각판에 올려진 빵들이 나를 반겼다. 한 시간 정도 일찍 출근한 기사님이 만든 빵들이었다. 빵들을 진열대에 옮기고 빵이 식으면 포장을 했다. 신나게 포장을 할 때도 항상 손님은 많았다. 9시도 되지 않은 시간에 빵을 사러 오다니.

아침엔 무조건 밥, 이라고 생각하며 살아온 나에게 그들은 매우 신기했다. 아침에 온 손님들은 주로 샌드위치를 사 갔다. 회사에 출근을 하며 아침 대용으로 먹으려는 듯했다. 그런 손님들이 신기하면서도 한편으론 매우 행운아, 라는 생각이 들었다. 아직 식지 않아 연기가 모락모락 나는 빵을 사 가니 말이다. 훗날 어른이 되면 모닝커피와 함께 갓 나온 빵을 사 먹겠노라, 작은 다짐을 하기도 했었다.

시간이 흘러 대학에 입학을 한 후부터는 주말 오후로 시간을 옮겼다. 학교를 다니는 탓에 오전 아르바이트는 무리였다. 오후에 하는 아르바이트는 생각보다 여유로웠다. 빵을 팔기만 하면 됐다. 자정까지 일을 해야 한다는 것이 걱정스러웠지만 사장님의 부모님이 같이 계셔서 걱정도 많이 줄었다. 그러나 확실히 오전보다는 이상한 손님들이 많이 있었다. 술에 잔뜩 취해서는 빵의 종류가 적다며 난동을 부리기도 했다. 어떤 손님은 천이백 원을 할인받기 위해 카드 비밀번호를 누르다 카드가 잠기기도 했다. 대여섯 명의 손님이 계산대 앞에 서 있는 상황에서 말이다. 비밀번호가 왜 틀린지 모르겠다며 나에게 온갖 짜증을 내기도 했다. 하지만 반면에 감동적인 손님들도 많았다. 엄마의 생일 케이크를 사기 위해 돼지 저금통을 들고 온 초등학생도 있었다. 동전만 가득 들어 있는 저금통을 열어 팔천오백 원짜리 케이크를 포장해 주었다. 그때 환하게 웃던 아이의 표정을 도저히 잊을 수가 없다. 또한 서른한 살에 자신과 결혼한 아내의 생일엔 무조건 서른한 개의 초를 꽂는다는 남자도 있었다. 그 어떤 드라마 속 이야기보다 낭만적인 이야기였다. 그 손님이 어찌나 멋져 보이던지. 아르바이트를 하며 화가 났던 적이 한 번도 없던 것은 아니다. 그러나 가끔씩 웃음과 감동을 주는 손님들이 있기에 일할 맛이 났다. 종종 유모차에 탄 아기들이 빵집을 찾을 때면 함박 미소가 절로 지어질 만큼 너무 좋았다.

군대에서 흔히 쓰는 '짬'이 생기니 일을 할 때도 여유가 생겼다. 경직된 자세로 서서 계산을 하기만 했던 초기와는 행동이 달라졌다. 책을 읽기도 하고 휴대폰으로 틈틈이 게임을 즐기기도 했다. 더 나아가서는 계산대 밑 탁자에서 편지를 쓰기도 했다. 아무런 효율 없이 시간을 보내는 것이 아니라 내가 좋아하는 일을 할 수 있으니 마냥 좋았다. 또한 단골손님이 생기니 손님을 맞이하는 것도 수월했다. 그 대표적인 예가 에스프레소 더블샷 아저씨다. 주말 저녁 8시쯤만 되면 그 손님이 빵집을 방문한다.

"에스프레소 더블샷이요. 물은 삼분의 이만 넣는 거 알죠?"라는 목소리가 빵집 전체를 채운다.

아메리카노도 써서 시럽을 약간 넣어 마시는 나로서는 도저히 이해가 되질 않았다. 처음엔 이해가 되지 않는 표정으로 커피를 건넸다. 그것이 두 번이 되고 세 번이 되니 서로 말문이 트였다. "이 쓴 걸 어찌 드세요?"라는 나의 물음에 카페인이 혈관을 타고 흐르는 듯한 기분에 희열을 느껴요, 라고 손님은 말했다. 그렇게 시작된 인연은 손님의 가족사나 나의 관심거리에 대해 얘기하는 사이로 발전해 나갔다.

호기심으로 시작한 일은 어느새 내 생활의 한 부분을 차지해 버렸다. 이제는 그만두고 싶어도 정이 들어 버린 손님과 빵집 사람들 때문에 그럴 수가 없다. 글을 쓰고자 하는 나로서는 많은 사람을 접할 수 있는 이 일이 참 마음에 든다. 이 일을 시작한 덕분에 이렇게 또 한 편의 수필을 쓰고 있지 않은가. 대학생이 되고 처음으로 맞이하는 여름이다. 이 여름에도 양주 어딘가에 있는 뚜레쥬르에선 나는 손님을 맞이한다. 그리고 장마가 찾아온 효자동 어딘가에서, 나는 여름을 쓰고 있다.

동화

| 동화 |

박선화(동화작가)

1989년 서울 출생으로 동국대학교 국어국문학과에 재학 중이다. 2007년『문학
시대』에 동화를 발표하면서 작품 활동을 시작하여, 동화『도바 이야기』가 있
다. '시대시', '한마루' 동인으로 활동 중이다. • sunhistory89@naver.com

남들과 달라도 괜찮아

아침 햇살이 창문으로 살금살금 들어와 경훈이의 눈에 앉았습
니다. 경훈이는 눈에 스며든 햇살을 비비며 일어났습니다. 창밖
을 보니 해님도 아직 잠이 덜 깼는지 햇살이 약합니다. 하지만
하늘에 구름이 한 점도 없는 걸 보니 오늘 하루도 날씨가 좋을
것 같았습니다. 경훈이는 날이 맑은 것을 보고 크게 한숨을 쉬었
습니다. 오늘 경훈이네 반은 소풍을 갑니다. 하지만 비가 오면
소풍을 가지 않기 때문에 경훈이는 비가 오기를 바라고 있었습
니다. 경훈이는 아랫입술을 지그시 깨물었습니다.

'어떻게 하면 소풍에 안 갈 수 있을까? 배가 아프다고 할까?'

"경훈아, 언제까지 잘 거니? 학교에 늦겠다."

방문 너머에서 엄마의 목소리가 들립니다. 하지만 경훈이는
침대에서 일어나기가 정말 싫었습니다. 경훈이가 엄마의 말씀

에 대답을 하지 않자 엄마는 경훈이의 방으로 들어오셨습니다. 경훈이는 이불을 목까지 끌어올려 덮었습니다.

"경훈아, 아침이야. 일어나렴."

엄마는 경훈이의 어깨에 손을 얹고 경훈이를 살며시 흔들어 깨우셨습니다. 경훈이는 자는 흉내를 내면서 일어나지 않았습니다. 경훈이가 일어나지 않자 엄마는 경훈이의 어깨를 조금 더 세게 흔드셨습니다. 할 수 없이 눈을 뜬 경훈이는 배를 움켜 쥐었습니다. 배가 아프다고 하면 오늘 하루는 쉬라고 엄마가 말씀하지 않을까 기대하면서 경훈이는 힘이 없는 목소리로 말했습니다.

"엄마, 저 배가 아파요."

경훈이는 양팔로 배를 감싸고 몸을 살짝 숙인 채로 말했습니다. 말을 하는 중간에 끙끙 앓는 소리도 냈습니다.

"많이 아프니? 경훈아, 배가 어떻게 아파?"

작가의 말

올 여름은 무척이나 길고 더웠습니다. 언제 가을이 오나? 언제쯤에야 오나? 가을이 오긴 올까 싶었던 가을이 드디어 그 얼굴을 조금씩 보여 주기 시작했습니다. 유독 가을이 되면 스스로의 부족함을 알게 됩니다. 스스로의 부족함을 느끼게 해 주는 것은 가을이 되면 좋은 문학작품이 제 눈을 즐겁게 해 주기 때문입니다. 시간이 흐를수록 제 곁에는 같은 꿈을 꾸고 서로의 어깨에 기대어 앞으로 나아가기도 하고 때로는 서로의 안식처가 되어 주는 벗이 늘어나 기쁠 따름입니다. 내년의 오늘, 내후년의 오늘 그리고 십 년 뒤의 오늘도 소중한 벗들과 함께 글을 쓰는 기쁨과 보람을 느끼며 살아가고 싶습니다.

엄마는 경훈이의 배와 이마에 손을 얹으셨습니다. 경훈이는 주전자 속의 끓는 물처럼 배가 부글부글 아프다고 했습니다. 엄마는 다시 한 번 경훈이의 배에 손을 얹어 보셨습니다. 엄마는 한쪽 눈썹만 슬쩍 올리시더니 경훈이의 머리를 쓰다듬으셨습니다.

"경훈아, 엄마는 경훈이를 이 세상에서 제일 잘 아는 사람이야. 그런데 지금 엄마가 보기에는 경훈이는 배가 안 아픈데 경훈이는 배가 아프다고 말하고 있네? 엄마가 잘못 알고 있는 거니?"

경훈이는 엄마의 말씀에 고개를 숙였습니다. 엄마는 그런 경훈이를 보면서 머리를 쓰다듬어 주셨습니다. 경훈이는 엄마의 품에 폭 파고들어가 안겼습니다.

"엄마, 오늘은 소풍 가는 날인데 그냥 집에서 쉬면 안 되나요? 소풍 가기 싫어요. 같은 반 애들이 자꾸 제 피부가 검다고 놀린단 말이에요."

경훈이의 말에 경훈이의 머리를 쓰다듬어 주던 엄마의 손이 멈췄습니다.

'아차!'

경훈이는 고개를 들어 엄마를 보았습니다. 엄마의 눈에는 언제 생겨난 건지 커다란 눈물방울이 맺혀 있었습니다. 그 눈물방울은 점점 커지더니 둑에서 넘친 물처럼 왈칵 쏟아졌습니다. 경훈이가 겉모습에 대한 말을 할 때마다 엄마는 언제나 슬픈 표정을 짓습니다. 경훈이는 엄마가 더 울어 버리기 전에 빨리 엄마를 꼭 끌어안았습니다.

"엄마! 울지 마요. 애들이 놀리는 건 싫지만 나는 내 피부가 좋아요. 건강해 보이잖아요."

경훈이는 엄마를 보고 씩 웃어 보였습니다. 엄마는 그런 경훈이를 보시더니 눈물을 닦으셨습니다. 경훈이는 마음속으로 엄마께 사과를 드렸습니다.

경훈이는 아침에 꾀병을 부린 탓에 학교에 조금 늦고 말았습니다. 경훈이가 헐레벌떡 교실로 뛰어가 보니 교실에는 반장과 선생님밖에 남아 있지 않았습니다. 경훈이는 선생님께 죄송하다고 인사를 드렸습니다.

"어휴, 경훈아. 소풍 가는 날에 늦으면 어떡하니? 반 친구들이 다들 너만 기다리다가 결국 버스 출발 시간까지 네가 오지 않아서, 애들은 다 보내고 선생님이랑 반장만 남아 너를 기다리고 있잖니."

경훈이는 선생님께 몇 번이고 죄송하다고 말씀드렸습니다. 선생님께서는 경훈이에게 앞으로는 지각하면 안 된다고 무서운 표정을 짓고 말씀하셨습니다. 경훈이는 다시는 지각하지 않겠다고 선생님께 말씀드렸습니다. 선생님은 "다시는 늦지 않을 거지? 또 늦으면 선생님 화 낼 거야."라고 말씀하셨습니다.

"그럼 경훈이도 왔으니 우리도 어서 소풍 장소로 가자. 이러다가 소풍을 가서 놀지도 못하고 도시락만 먹고 돌아오겠어. 아직 3반은 출발을 안 했으니까 3반 버스를 타고 가자.”

선생님은 경훈이와 반장의 손을 잡고 버스가 있는 곳으로 달리셨습니다.

소풍 장소에 도착하니 벌써 점심을 먹을 시간이 다 되었습니다.

“자! 빨리 반 친구들이랑 모여서 점심 먹자!”

경훈이는 반 친구들이 있는 곳으로 갔습니다. 반 친구들이 점심을 먹고 있는 곳은 등나무가 초록빛 이파리를 늘어뜨리고 뽐내는 쉼터였습니다.

“얘들아, 밥 맛있게 먹고 다 먹고 난 뒤에는 자리를 깨끗하게 치워야 하는 거 알지?”

선생님이 말씀하시자 반 친구들은 기운차게 대답했습니다. 선생님도 이제 점심을 드시러 가셨습니다. 반 친구들이 다시 도시락을 먹기 시작하자 경훈이도 평소에 친하게 지내는 친구인 정우를 찾았습니다. 하지만 정우는 다른 반 친구와 도시락을 먹는지 보이지 않았습니다. 할 수 없이 경훈이는 혼자서 점심을 먹기로 했습니다. 경훈이는 등나무 쉼터에서 조금 떨어진 느티나무 그늘로 갔습니다. 혼자서 앉기에 딱 좋은 돗자리를 펴고 자리에 앉아 엄마가 싸 주신 도시락을 꺼냈습니다.

도시락 뚜껑을 열어 보니 라이스페이퍼에 싸인 알록달록한 야채말이와 까만 김이 빙글빙글 말린 노란 계란말이 그리고 파릇파릇한 깻잎과 고수가 들어간 참치 주먹밥이 있었습니다. 모두 경훈이가 좋아하는 음식들이었습니다. 야채말이 옆에는 엄마가 손수 만드신 고소한 땅콩 마요네즈도 있었습니다. 경훈이는 야채말이를 입에 쏙 집어넣었습니다. 아삭아삭한 당근과 오이, 과일처럼 새콤달콤한 파프리카가 쫄깃쫄깃한 라이스페이퍼와 함께 씹혔습니다. 경훈이가 야채말이 하나를 삼켰을 때 경훈이 옆에 그림자가 생겼습니다.

"야! 베트남! 뭐 먹냐?"

고개를 들어 보니 같은 반 친구인 진성이가 있었습니다. 사실 경훈이는 진성이가 싫습니다. 진성이는 만날 경훈이한테 못된 장난만 치고 놀려 댑니다. 진성이의 말에 뭐라고 대답을 하면 또 그걸 가지고 놀렸습니다.

"도시락 먹고 있어."

"그건 보면 알아! 넌 베트남 사람이잖아. 도시락으로 뭘 먹는지 궁금한 거야."

진성이의 말에 경훈이는 벌떡 일어나서 말했습니다.

"나는 한국 사람이야!"

경훈이의 말에 진성이는 갑자기 크게 웃기 시작했습니다.

"피부가 너처럼 검은 한국인이 있을 리가 없잖아?"

"그야 엄마는 다른 나라 사람이니까……"

“거봐. 그럼 너도 한국 사람이 아닌 거잖아.”

“아냐! 나는 한국에서 태어나고 자랐으니까 한국 사람이야!”

경훈이가 소리를 지르자 진성이는 재미있다는 듯이 깔깔깔 배를 잡고 웃었습니다.

“왜 웃는 거야!”

“그야 네가 아무리 한국에서 태어나고 자랐다고 해도 피부가 너처럼 검은 한국인은 없어. 뭐 네가 그렇게 한국인이라고 하고 싶으면 반은 한국인이라고 해 줄게.”

“너 진짜 이럴래!”

경훈이가 씩씩거리자 진성이는 입을 씰룩씰룩거리며 웃었습니다.

“너희 엄마랑 같이 베트남으로 돌아가기나 해. 이 반쪽 한국인!”

경훈이는 계속해서 놀리는 진성이의 말에 참지 못하고 진성이에게 주먹을 휘둘렀습니다. 하지만 진성이는 맞고 가만히 있을 애가 아니었습니다. 경훈이가 진성이를 때린 것을 시작으로 경훈이와 진성이는 흙바닥을 뒹굴면서 싸우기 시작했습니다. 멀찍이서 경훈이와 진성이를 지켜보던 반장이 달려와 싸움을 말렸지만 경훈이와 진성이는 떨어지지 않고 계속 싸워 댔습니다. 반장과 같은 반 친구들은 싸움을 지켜보면서 말리지도 못하고 발만 동동거렸습니다.

“경훈아! 진성아! 그만 싸워! 왜 싸우는 거야!”

아무리 말려도 경훈이와 진성이가 싸움을 멈추지 않자 반장은 울상이 되어 소리를 질렀습니다. 결국 선생님이 달려오셔서 싸움을 말리셨습니다.

소풍이 끝나고 집에 돌아올 때가 되니 하늘은 주홍색으로 물들었습니다. 경훈이는 오늘 소풍이 전혀 즐겁지 않았습니다. 경훈이는 진성이와 싸운 일 때문에 선생님께 혼이 났습니다. 경훈이는 한 걸음 한 걸음 집으로 걸어가면서 오늘 선생님께서 하신 말씀을 생각했습니다. 선생님은 경훈이와 진성이가 싸우는 걸 말리시고 왜 싸우는지 물으셨습니다. 하지만 경훈이와 진성이 둘 다 어떤 말도 하지 않았습니다. 선생님은 한숨을 푹 쉬시고는 누가 먼저 때렸는지 물어보셨습니다. 그러자 진성이는 재빨리 경훈이가 먼저 때렸다고 말했습니다. 경훈이는 진성이를 노려보았습니다. 선생님은 경훈이에게 정말로 먼저 때린 사람이 경훈이냐고 물어보셨습니다. 경훈이는 고개를 끄덕일 수밖에 없었습니다.

“친구가 뭐라고 해도 먼저 때린 사람이 잘못한 거야!”

선생님은 경훈이가 말을 하기도 전에 먼저 경훈이를 혼내셨습니다. 선생님은 경훈이에게 왜 진성이를 때렸냐고 물어보셨습니다. 하지만 경훈이는 왜 싸웠는지 끝까지 말하지 않았습니다. 결국 선생님께 실컷 혼이 난건 경훈이뿐이었습니다. 선생님께

혼난 것을 다시 생각하니 경훈이 눈에는 눈물이 그렁그렁해졌습니다.

'내가 잘못한 것도 아닌데 왜 내가 혼이 나야지 되는 거지? 하지만 이런 거로 싸웠다고 이야기하면 선생님은 또 우리 엄마가 한국 사람이 아니니까 어쩔 수 없다는 듯이 말씀하시겠지? 전에도 그랬으니까.'

결국 경훈이의 눈에서는 눈물이 후두둑 떨어졌습니다.

"경훈아!"

경훈이가 코를 훌쩍이며 뒤를 돌아보니 등 뒤에는 반장이 있었습니다. 경훈이는 옷소매로 눈가를 슥 훔쳐 냈습니다.

"반장도 집에 가는 거야?"

"차암! 반장이라고 부르지 말고 이름으로 불러 줘. 나도 부모님이 지어 준 은교라는 이름이 있으니까."

은교는 경훈이의 옆으로 걸어왔습니다. 그리고 입술을 삐쭉 내밀었습니다.

"선생님은 정말 너무해. 사실 선생님도 잘못한 건 네가 아니라 진성이라는 걸 아실 텐데 꼭 경훈이 너만 잘못한 것처럼 말씀하시잖아."

은교는 오늘 선생님이 경훈이만 혼낸 것이 마음에 안 드는지 투덜투덜 이야기를 하기 시작했습니다.

"물론 경훈이 네가 진성이를 때린 건 잘못한 거지만 진성이가 널 놀리지 않으면 싸우지도 않았을 일인데 말이야. 게다가 반만 한국인이라니. 그게 뭐야? 반은 한국인이 아니라는 것도 아니고 말이야."

"하지만 진성이 말이 완전히 틀린 건 아닐지도 몰라. 우리 엄마는 한국 사람이 아니니까."

은교는 경훈이의 말에 걸음을 멈추고 경훈이를 노려보았습니다. 경훈이는 멈춰 선 은교를 따라 길에 우뚝 섰습니다.

"경훈이네 엄마는 한국에서 태어나서 자라시지 않으셨지만 경훈이네 아빠는 우리나라 사람이지?"

경훈이는 고개를 끄덕였습니다.

"그럼 너는 너희 엄마가 태어나시고 자란 나라의 사람이기도 하고 너희 아빠가 태어나시고 자란 한국의 사람이기도 한 거잖아."

"응. 그러니까 진성이의 말대로 반만 한국 사람인 걸지도 몰라."

"아니야!"

은교는 경훈이의 손을 꼭 잡았습니다.

"반만 우리나라 사람인 것이 아니야! 너는 우리나라 사람이기도 하면서 너희 엄마가 사셨던 나라의 사람이기도 한 거야. 다른 사람의 두 배인 거야."

은교는 경훈이의 손을 더 세게 꼭 잡았습니다. 경훈이는 자신의 손을 잡고 있는 은교의 손을 살짝 잡아 보았습니다.

"다음부터 진성이가 놀리면 내가 뭐라고 해 줄게. 경훈이 너는 절반이 아니라 두 배야."

은교가 다시 한 번 말하며 경훈이의 손을 잡은 손에 힘을 주었습니다. 경훈이는 마음속으로 은교의 말을 곱씹어 보았습니다.
'나는 절반이 아니라 두 배인 거야.'

경훈이는 은교가 손을 잡아 준 것처럼 은교의 손을 꼭 잡았습니다.

"은교야. 네가 해 준 이야기를 우리 엄마께도 해 드려도 될까? 우리 엄마가 들으시면 무척 기뻐하실 거야."

은교는 활짝 웃으면서 고개를 끄덕였습니다.

안주리 (동화작가)

1984년 서울 출생으로 동덕여대 문예창작학과 재학 중이며, 2009년 『문학시대』에 동화를 발표하면서 작품 활동을 시작하였다. '문학시대', '한마루' 동인으로 활동 중이다. 동인지 『지난 시간의 풍경화』가 있다. • qhrlfkd@naver.com

정전이 되던 날

재형이는 밤 아홉 시가 돼서야 집의 현관문을 열었습니다.

"다녀왔습니다."

재형이가 말했습니다. 그러나 넓은 거실에 목소리만 울릴 뿐 아무 대답이 없었습니다. 오늘도 다른 날과 마찬가지로 아빠는 야근에 엄마는 모임, 누나는 학원에 갔나 봅니다.

"치, 이러다 정말 누나 얼굴 까먹겠네."

재형이가 투덜거렸습니다. 아빠와 엄마는 아침에라도 얼굴을 볼 수 있지만, 올해로 고등학생이 된 누나는 주말에야 겨우 얼굴을 보기 때문입니다. 아직 초등학생이지만 고등학생이 되는 것이 벌써부터 두려워지는 재형이는 고개를 설레설레 흔들었습니다. 재형이는 학원 가방을 자신의 방에 내팽개치고 식탁 위에 있는 샌드위치를 입에 물었습니다. 그리고 거실로 나와 텔레비전을 켰습니다. 밤늦게 집에 혼자 있게 되면 왠지 텔레비전을 켜놓아야 안심이 되었기 때문입니다. 학교와 학원에서 내준 숙제를 잠시 까먹은 채, 재형이는 TV 속에 빠져 있었습니다. 그런데 갑자기, 주변이 깜깜해졌습니다. 소파에 기대어 있던 재형이가 벌떡 일어났습니다.

"정전이다!"

재형이는 덜컥 겁이 났습니다. 단지 정전이 된 것뿐이었지만, 넓은 집에 자신 말고 아무도 없다는 사실과 주변에 흐르는 고요함이 무서웠습니다. 재형이는 얼른 베란다로 나갔습니다. 바깥을 볼 수 있는 그곳이 왠지 안심이 되었기 때문입니다. 9층에서 내려다본 바깥도 깜깜했습니다.

"아파트 전체가 정전이구나. 언제 불이 들어오려나……."

재형이가 베란다에 턱을 괴고 기대어 중얼거렸습니다. 저 멀리 보이는 상가들은 아파트와 다르게 화려한 불빛을 여전히 내고 있는 것이 다른 세계 같았습니다. 그러고 보니 상가들 말고도 재형이의 머리 위에서 보름달이 환하게 동네를 비추고 있었

작가의 말

계절이 바뀌는 냄새가 너무 좋은 요즘, 화창한 날씨 때문이라도 기분이 무척이나 좋습니다. 시원한 바람과 따뜻한 햇볕 아래에 더 필요한 것이 어디 있을런지. 작은 행복을 느낄 수 있는 지금이 너무도 좋습니다. 세상을 살아가면서 다소 힘들고 지친 일이 있을 때, 지금 이 순간을 기억한다면 좀 더 힘을 낼 수 있을 것 같습니다. 다른 사람들도 작은 행복이 삶에 있어서 큰 힘이 되길 기도하며 저의 글도 그런 작은 행복 중에 하나이길 바래 봅니다.

습니다.

"굉장히 큰 보름달이네. 꼭 머리 위에 떠 있는 것 같다."

재형이는 한참을 뚫어져라 보름달을 바라보았습니다. 그때 베란다의 창문에 불빛을 내는 뭔가가 탁 하고 붙었습니다. 가만히 보니 두꺼비나 개구리 같았습니다. 그런데 정말 신기하게도 몸에서 빛이 나면서 몸속이 다 보이는 것이었습니다. 몸속에 전등 같은 것이 있어 불빛을 내고 있는 것 같았습니다. 재형이는 너무나 신기해서 가까이 가서 보려고 했습니다. 그런데 그 순간 아파트에 불이 들어오기 시작했습니다. 베란다 밖으로 보이는 고층 아파트에 동시에 불이 들어오는 것이 마치 컴퓨터 게임에서 보던 화면 같았습니다.

"오~."

재형이는 감탄했습니다. 그러나 그것도 잠시, 재형이는 다시 그 두꺼비를 보려고 고개를 돌렸습니다. 그런데 두꺼비는 이내 사라지고 없었습니다.

"어? 어디 갔지?"

재형이는 주변을 두리번거렸습니다. 그런데 문득 이상한 생각이 들었습니다. 재형이의 집은 아직도 불이 들어오지 않고 있었기 때문입니다.

"근데 왜 불이 안 들어오지? 우리 동만 아직 정전인가?"

재형이는 고개를 갸우뚱거리며 머리를 베란다 밖으로 살짝 내밀었습니다. 그런데 옆집에는 불이 들어와 있었습니다. 반대편 옆집도 마찬가지였습니다. 그때 거실에서 타다닥 하는 소리가 들렸습니다. 깜짝 놀란 재형이는 거실을 주시했습니다. 이젠 어둠 속에 눈이 익숙해져 집 안의 형태를 어느 정도 볼 수 있었습니다.

'내가 잘못 들었나?'

그 순간 다시 타다닥 하는 소리가 들렸습니다. 재형이는 스스로를 다독이며 베란다에서 손전등을 찾아 불을 켜고 조심스레 거실을 비췄습니다. 그리고 무서움을 무릅쓰고 거실로 발을 들여놓았습니다. 천천히 구석구석을 비추는데 신발장 근처에서 재채기 소리가 들렸습니다.

"에취."

후다닥 손전등을 신발장으로 돌렸습니다. 그런데 재형이는 그만 너무 놀라 엉덩방아를 찧었습니다. 손전등에 비춰진 건 재형이의 손바닥만한 난쟁이 세 명이었기 때문이었습니다. 그들도 놀랐는지 펄쩍펄쩍 뛰며 신발장으로 올라가려고 하였습니다. 그 모습을 본 재형이는 결국 기절하고 말았습니다.

잠시 후 누군가가 머리카락을 잡아당기는 느낌에 재형이의 눈이 떠졌습니다. 방은 아직도 캄캄했습니다. 재형이가 일어나 앉았습니다.

"머리는 안 다친 모양이구나."

재형이는 뒤쪽에서 소리가 들리자 순간적으로 옆에 있던 손전등을 집었습니다. 그리고 뒤쪽을 비추며 소리쳤습니다.

"누구야?"

아까 보았던 난쟁이들이었습니다. 그들의 모습은 마치 선인장을 보는 것 같았습니다. 삐죽삐죽 선 머리에 매부리 같은 코, 그리고 머리 위로 연기도 나는 것 같았습니다.

"인간에게 모습을 들키다니."

"그러길래 보름달이 뜨는 날은 906호 두꺼비를 잘 지켜야 한다고 했잖아."

"그걸 누가 몰라? 보름달이 뜨는 날 정전이 될 게 뭐람."

똑같이 생긴 난쟁이들이 서로 얘기를 나누었습니다. 재형이는 어리둥절했습니다. 아니 자신의 앞에 생긴 일을 믿기 힘들었습니다. 넋을 놓고 바라보는 재형이를 의식했는지 난쟁이들이 말을 멈추었습니다.

"많이 놀랐니?"

왼쪽에 있던 난쟁이가 말했습니다. 재형이는 입이 떨어지질 않았습니다.

"우리는 전기를 통제하는 난쟁이들이야. 인간 앞에 모습을 보이긴 처음인데 워낙 급한 일이 생겨서……."

가운데 있던 난쟁이가 말했습니다.

"첫째 형, 둘째 형. 우리 이 친구한테 물어볼까?"

오른쪽에 있던 난쟁이가 말했습니다. 재형이는 오른쪽에 있는 난쟁이가 한 말을 듣고는 왼쪽부터 차례로 첫째, 둘째, 셋째인 것을 알 수 있었습니다.

"괜히 물어봤다가 일만 더 복잡해지면 어떡해?"

둘째가 말했습니다.

"그것도 그렇고 우리 들통 난 것도 모자라 두꺼비까지 들통 나게 할 순 없어."

첫째가 말했습니다. '두꺼비?' 순간 재형이의 머릿속에 아까 보았던 두꺼비가 스쳐 지나갔습니다. 난쟁이들은 아직까지 의견이 분분했습니다. 재형이는 조심스레 난쟁이들에게 말을 걸었습니다.

"저기……."

그러나 아직도 자신들끼리 이야기를 주고받는데 정신없는 난쟁이들었습니다.

"저기, 혹시 그 두꺼비 속 안이 다 보이는, 몸에서 빛이 나는 두꺼비 아니야?"

재형이가 조금 더 큰 소리로 말했습니다. 그러자 시끄럽던 난쟁이들은 하던 말을 중단하고는 놀란 표정으로 재형이를 바라보았습니다.

"너, 906호 두꺼비를 본 거야?"

"어디서? 어디서 보았어?"

“정말로 보았어?”

난쟁이들이 한꺼번에 질문을 쏟아 냈습니다. 정신이 없던 재형이가 다시 입을 열었습니다.

“아까 저쪽 베란다에서 보았어.”

재형이가 말을 마치자 난쟁이들은 베란다로 쏜살같이 달려갔습니다.

“저기 있다!”

“다행이군. 멀리 가지 않아서.”

“906호 두꺼비! 이리 오지 못해?”

난쟁이들이 베란다에서 조용히 소리쳤습니다. 재형이도 그들이 있는 베란다로 갔습니다. 난쟁이들이 보고 있는 쪽을 보자 아까 보았던 신기한 두꺼비가 바깥 창문에 불빛을 내며 붙어 있었습니다. 재형이는 아까부터 궁금했던 것을 물어보았습니다.

“그런데 대체 너희들은 누구고, 저 신기한 두꺼비는 너희와 무슨 관계야? 급한 일이라는 건 뭐고?”

그러자 첫째가 대답했습니다.

“이렇게 된 거 그냥 얘기해 줄게. 아까 말했듯이 우리는 전기를 통제하는 난쟁이야. 더 정확히 말하자면 전류를 차단하는 안정장치인 두꺼비집들을 관리하는 관리자지. 너희 인간들이 부르는 두꺼비집엔 실제로 눈에 보이진 않지만 전기 두꺼비들이 살아.”

“그러면 그 두꺼비라는 게 저기 저 두꺼비야?”

재형이가 물었습니다.

"응. 흔히들 두꺼비집이 나갔다고 그러는데, 전기로 인한 사고 예방을 위해 저 두꺼비들이 정말 집을 들고 나가는 거야. 인간들 눈엔 보이지 않지만."

둘째가 말했습니다.

"근데 저 두꺼비는 왜 혼자 나와 있어?"

"전기 두꺼비들은 원래 달빛을 좋아해. 그런데 너희 집 906호가 특히 달빛이 더 들어오더라고. 그걸 참지 못하고 달빛을 보러 나간 거지."

재형이의 물음에 셋째가 대답했습니다.

"그런데 두꺼비를 어떻게 들어오지?"

둘째가 말했습니다. 두꺼비를 본 재형이는 손을 뻗으면 왠지 닿을 것만 같았습니다. 그래서 조심스레 두꺼비 쪽으로 손을 뻗으며 말했습니다.

"내가 잡아 줄게."

그러자 난쟁이들이 재빨리 재형이의 뻗은 손을 잡아 내렸습니다.

"그러다 전기 감전돼!"

재형이는 아차 싶었습니다. 저 두꺼비는 그냥 두꺼비가 아닌 전기 두꺼비였기 때문이었습니다. 재형이는 잠시 곰곰이 생각하더니 어두운 주방에서 고무장갑을 끼고 나왔습니다.

"이걸 끼고 잡으면 전기가 통하지 않을 거야."

　재형이는 조심스레 베란다 창문으로 손을 내밀었습니다. 그리고 두꺼비를 향해 천천히 손을 뻗었습니다. 탁. 재형이가 두꺼비를 잡았습니다. 그리고 난쟁이들 앞에 놓아 주었습니다.

　"이 녀석! 906호 두꺼비! 자꾸 사고 칠래?"

　셋째 난쟁이가 말했습니다. 그러자 두꺼비는 미안하다는 듯이 몸의 불빛을 더욱 밝게 빛냈습니다.

　"고마워, 친구. 덕분에 손쉽게 일을 해결했어."

　첫째 난쟁이가 말했습니다. 재형이는 머리를 긁적이며 머쓱해했습니다.

　"내가 뭐 한 일이 있다고……."

　"그러고 보니 이름이 뭐야?"

　둘째 난쟁이가 물었습니다.

　"난, 재형이. 이재형."

　"그래, 재형아. 고맙다. 우린 어서 빨리 돌아가야 할 것 같아. 그래야 너희 집도 불이 들어오지."

　첫째 난쟁이의 말과 함께 둘째와 셋째 그리고 전기 두꺼비는 신발장에 있는 두꺼비집으로 향했습니다. 재형이도 뭔가 아쉬운 듯 그들을 따라 신발장 앞으로 갔습니다.

　"참, 우리를 만난 건 비밀이야."

　셋째가 말했습니다. 재형이는 말없이 고개를 끄덕였습니다. 그때 전기 두꺼비가 폴짝폴짝 뛰다 그만 신발장 아래로 떨어졌

습니다. 순간 재형이는 두꺼비를 두 손으로 받아 냈습니다. 그런
데 재형이의 한쪽 손은 고무장갑을 끼지 않고 있었습니다.

"앗! 안 돼!"

난쟁이들이 소리쳤지만 전기가 오른 재형이가 또다시 기절을
하고 말았습니다.

"재형아~ 재형아. 이런 데서 자면 어떻게 하니?"

엄마의 목소리에 거실 바닥에 누워 있던 재형이의 눈이 떠졌
습니다. 거실은 환하게 불이 들어와 있고, 텔레비전도 켜져 있었
습니다. 순간 재형이는 자신이 꿈을 꾼 듯했습니다. 그때 엄마가
말했습니다.

"손전등은 왜 나와 있니? 손에 고무장갑은 왜 끼고 있어?"

엄마의 말을 듣는 순간 자신이 꿈을 꾼 것이 아니라는 것을 알
았습니다. 그리고 무심코 장갑 낀 손을 들었는데 고무장갑의 손
바닥에 전기로 태운 듯한 글씨가 써져 있었습니다.

'고맙고 미안해.'

난쟁이들이 분명했습니다. 재형이의 입가에 미소가 지어졌습
니다. 재형이는 더 이상 정전이 되는 것이 무섭지 않았습니다.
왜냐하면 전기 두꺼비와 난쟁이들이 있기 때문입니다. 재형이
의 정전이 되던 날의 기억은 행복한 추억으로 마음속에 남겨졌
습니다.

유수지(동화작가)

1987년 서울 출생으로 서울 언남고등학교 졸업, 연세대학교 행정학과(부전공 국어국문학과)에 재학 중이다. 2009년 『연인』에 동화를 발표하면서 작품 활동을 시작하였다. 동화집 『할머니와 틀니』가 있으며, '한마루' 동인으로 활동 중이다. • sjyoou@gmail.com

과자 외계인

"여기 외계인이 나타난 것은 언제부터입니까?"

명구네 동네 뒷산에서 외계인이 발견된 것은 삼 일 전 일입니다. 그 사이 기자 한 명이 어디서 듣고 왔는지 명구 동네 동장님과 인터뷰를 하고 있습니다. 신기한 일에 동네 사람들이 모두 나와 구경을 하고 있습니다. 그중 명구와 친구들도 있었습니다.

"진짜 외계인일까?"

명구의 말에 친구 찬정이가 말도 안 되는 일이라고 대답합니다.

"말도 안 돼. 우리 형이 외계인 같은 건 없댔어. 너 우리 형이 얼마나 공부 잘하는지 알지?"

동네의 자랑 찬정이 형이 그랬다면 왠지 외계인이 없을 것 같았습니다. 하지만 기자 아저씨 말로는 외계인은 분명 어딘가에 존재한다고 말했습니다. 도무지 누구 말을 믿어야 하는 건지 알 수 없습니다. 옆에서 아버지가 혀를 차는 소리도 들렸습니다.

"뒷산에 둘레길인지 뭔지가 생긴 이후부터 동네가 어수선해졌어."

아버지 말에 어머니도 맞장구를 치십니다.

"그러게 말이에요. 다른 지역 사람들도 많이 돌아다니고, 동네도 지저분해지고 말이에요."

원래 명구네 동네는 사람들에게 잘 알려진 곳이 아니었습니다. 그런데 시장 아저씨가 동네 뒷산에 주민의 건강을 위해 산책길을 만들어 주었습니다. 처음에는 동네 사람들도 좋아했습니다. 편하게 산책길인 둘레길을 걸으며 산을 구경하는 재미가 쏠쏠했기 때문입니다. 그러나 한 번 텔레비전 어느 프로그램에서 '걷기

작가의 말

오랜 시간 우물 안 개구리였습니다. 늘 부족하다는 생각에 저 혼자만의 글쓰기에 빠져 있었습니다. 우연히 찾아온 기회를 놓치지 않는 것에서부터 저만의 작은 도전이 시작되었습니다. 시작할 당시 다른 사람들에게 최소한 폐는 끼치지 말아야겠다는 다짐을 했습니다. 제 글에 책임을 진다는 것은 시간이 지나도 줄지 않는 압박감인 동시에 더욱 진지한 태도를 갖추게 하는 힘이었습니다. 준비하는 동안 도전이 주는 압박감과 그 자체에서 오는 설렘이 함께하는 시간이었습니다.

이런 자리에 참여할 기회를 주신 박종숙 선생님과 한마루 문학동인회 문우님들께 진심으로 감사드립니다. 앞으로 한마루 문학동인회가 계속해서 이어져 나가기를 바라며, 제 동화가 어린이들에게 자그마한 따스함을 줄 수 있기를 희망합니다.

좋은 길’로 소개된 이후부터 상황이 달라졌습니다. 다른 동네에서도 사람들이 많이 오게 된 것입니다.

그 사람들이 동네에 쓰레기를 버리기도 하고, 밭에서 함부로 과일이나 감자를 뽑아 가기도 했습니다. 동네 사람들은 그 문제로 자주 산책하는 사람들과 부딪치게 되었고 동네 분위기도 예전보다는 험악해졌습니다.

그런데 삼 일 전 산책하던 사람이 외계인을 발견했다고 호들갑을 떨었습니다. 동네 사람들은 외계인이 없을 거라며 믿지 않았는데 기자까지 오니 다들 어리둥절한 모양입니다.

기자가 돌아간 뒤 동네 사람들은 각자의 집에서 9시 뉴스를 시청했습니다. 정말 나올까 의심하면서도 자신들의 동네가 정말 뉴스에 나올까 기대하면서 봤습니다. 그러나 뉴스에는 자신들의 동네뿐만 아니라 외계인에 관련된 뉴스조차 없었습니다. 명구 아버지도 텔레비전을 끄며 실망감을 나타냈습니다.

“그럼 그렇지. 동네 분위기만 어수선해졌네.”

다음 날 명구와 동네 친구들은 학교에서 집으로 오는 내내 외계인에 대한 이야기를 떠들었습니다. 먼저 찬정이가 한껏 힘이 들어간 목소리로 말했습니다.

“거봐. 내가 뭐랬어. 외계인은 없다고.”

정태가 우물쭈물 말을 덧붙입니다.

“그럼 사람들이 봤다는 외계인은 뭘까?”

찬정이가 다시 한 번 입을 열었습니다.

“우리 형 말이 이상한 벌레이거나 그 사람이 잘못 본 걸 거라고 했어.”

“하지만 나 어제 인터넷 뉴스에서 기사 봤어.”

조용히 덧붙인 정태의 말에 모두 놀랐습니다.

“뭐? 정말?”

“그럼 우리 집에다 가방만 놓고 확인하러 가자.”

명구의 말에 모두들 그렇게 하자고 했습니다. 명구는 친구들을 만나러 가기 전 정태가 말한 기사를 찾아봤습니다. 하지만 댓글도 하나도 없는 아무도 관심을 가지지 않는 기사였습니다. 게다가 포털 사이트 메인에 소개된 기사도 아닌 아주 작은 기사일 뿐이었습니다. 역시 외계인은 없나 봅니다.

‘그럼 그건 뭘까? 이따가 가서 확인해 보면 되겠지.’

기사에 찍힌 사진 속 외계인은 매우 작았습니다. 어른의 둘째 손가락만한 크기였고 몸도 빼빼 말랐습니다. 게다가 피부도 진흙 색깔이었습니다. 사진을 보니 어쩐지 외계인이라고 믿기 힘들었습니다. 명구가 생각한 외계인의 모습은 그런 것이 아니었기 때문입니다. 몸집도 자신들과 비슷하고 우리가 가지지 못한 특별한 힘을 쓸 수 있어야 외계인답다고 생각해 왔습니다. 하지만 사진 속 외계인의 크기는 정말 작아 살아 있는지조차 의심스러웠습니다.

명구와 정태 그리고 찬정이는 외계인을 직접 보기 위해 다시 모였습니다. 겉으로는 외계인은 없다고 툴툴거리던 찬정이도 어지간히 궁금했던 모양입니다. 작은 크기니 두 눈을 부릅뜨고 찾자는 강한 의욕도 보였습니다. 하지만 외계인이 발견된 장소는 쉽게 찾을 수 있었습니다. 물웅덩이 근처였습니다. 어제 사람들이 한꺼번에 몰려왔던 탓인지 그 부근만 풀이 엉망으로 짓밟혀져 있어 쉽게 눈에 들어왔습니다. 셋은 물웅덩이로 다가갔습니다.

"어어엇! 저기 있다아."

놀랐을 때조차 느리게 말하는 정태가 제일 먼저 외계인을 발견했습니다. 정태가 가리킨 쪽을 쳐다보자 조그만 무언가가 살금살금 움직이고 있었습니다.

"가까이 가서 보자."

명구의 말에 찬정이가 겁이 나는지 말렸습니다.

"뭐라고? 이상한 거면 어떡해. 그냥 우리 돌아가자. 우리를 공격하기라도 하면 어떡해."

"조그마니까 괜찮겠지?"

"그… 그렇겠지?"

명구와 정태가 외계인에게 다가가자 찬정이도 혼자 남겨지는 것이 더 무서운지 얼른 둘을 뒤따랐습니다. 외계인에게 다가갈수록 긴장이 돼 목구멍으로 침이 꿀꺽 넘어가는 소리도 크게 울렸습니다. 셋이서 외계인에게 다가가자 그 외계인도 움직임을 멈췄습니다. 그 모습이 마치 곤충 같아 명구는 용기가 생겼습니다.

"한 번 건드려 볼까?"

명구는 손톱 끝으로 외계인을 톡톡 건드려 보았습니다. 그러자 앙칼진 외계인의 목소리가 들려 왔습니다.

"너희는 뭐니? 안 그래도 어제 사람들이 와서 어찌나 피곤했는데."

외계인이 한국말을 하자 둘은 깜짝 놀랐습니다.

"우와! 너 어떻게 한국어를 하는 거야?"

"내가 그 정도도 못할 것 같니? 한국에서 만들어졌는데."

"뭐? 너 외계인 아니었어?"

"외계인이라니! 나한테 실례야! 홍!"

난생처음 보는데다가 사람 말을 할 줄 아는 생물은 들어 본 적도 없습니다. 강아지도 사람 말을 할 줄은 모릅니다. 도저히 참지 못하고 찬정이가 비명 지르듯이 물었습니다.

"넌, 그럼 뭐야?"

"난, 바로 과자맨이지."

"과자맨?"

외계인의 이상한 말에 정태가 조용히 말을 내뱉었습니다.

"과자 외계인이네, 뭐."

"이잇! 외계인 아니라니까! 난 과자로 이루어진 몸이라고. 너희들이 산에서 먹다 버린 과자들을 모아모아 나를 만들었지. 한국 과자로 만들어졌으니 한국말을 할 줄 아는 건 당연한 일 아니겠니? 흥."

어떻게 만들어졌는지 자세히 그 방법을 묻자 과자 외계인은 잘난 체를 하며 설명해 줬습니다. 그 방법은 다음과 같습니다.

우선 버려진 과자 중 큰 것끼리 모입니다. 그 다음 버려진 사탕을 물웅덩이에 살짝 녹여 끈적끈적해지면 그것을 이용해 과자들끼리 붙습니다. 사탕이 없을 때 껌으로도 할 수 있지만 껌은 너무 끈적끈적하니 사탕이 딱 좋습니다. 그리고 마지막으로 초코를 녹여 온몸에 바르고 나면 과자 외계인이 탄생합니다. 초코를 바르는 이유는 흙 색깔과 비슷해 사람들 눈에 잘 띄지 않기 때문입니다.

과자맨의 으스대는 모습이 셋의 눈에는 그저 귀여워 보였습니다. 마치 조그만 애완견이 애교를 부리는 모습 같기도 했습니다.

"뭐야? 지금 내 말을 믿지 못하는 거야?"

과자맨은 웃는 모습이 못마땅했던 모양입니다.

"아니, 믿어. 그냥 넌 참 귀엽고 맛있어 보이기도 하는걸."

"뭐? 이잇! 난 함부로 먹을 수 있는 것이 아니라고! 과자라고 우습게 생각하면 곤란해. 내가 우리 별에서 얼마나 잘나가는지 너희가 알기나 하니?"

“그럼 왜… 너네 별에 안 가고… 여기 있는 거야?”

정태의 물음에 과자맨의 움직임이 뚝 멈췄습니다. 그러고는 곧 아무렇지 않은 척 말했습니다.

“그러니까 내가 여기 있는 건 가만 보자…….”

“너, 설마 못 가고 있는 거야?”

좀 전에 두려워하던 모습과는 달리 찬정이가 과자맨에게 딴죽을 걸었습니다.

“아니야! 아니야! 그래 그렇지. 난, 아마 여기서 아주 중요한 임무를 하고 있는 중이지.”

“아마? 정말이야?”

“이잇, 정말이라고. 할 수 없지. 내 비밀의 발명품을 너희에게 보여 줘야지 안 되겠어. 내가 이렇게 대단한 과자야.”

과자맨은 물웅덩이 뒤쪽 수풀에서 한참을 뒤적이더니 무언가를 들고 나왔습니다. 이상한 모양의 발명품이었습니다. 조그만 플라스틱 사탕 통에 우유 빨대 세 개가 매달려 있는 모양이었습니다. 그중에 하나는 마치 컵에 꽂힌 빨대처럼 사탕 통에 꽂혀 있었고, 나머지 두 개는 땅을 향해 꺾여 있었습니다.

“잘 봐. 이 과자맨의 실력을.”

끝까지 잘난 체를 하는 과자맨이었습니다. 과자맨은 빨대를 힘껏 빨아들였습니다. 그러다 땅에서 주황빛 액체가 빨려 나왔습니다.

“우와와와와. 어떻게 한 거야?”

“에헴, 이 정도쯤이야.”

과자맨이 땅에서 빨아들인 것은 오렌지 맛이 나는 음료수였습니다. 그렇게 빨아들인 음료수는 플라스틱 사탕 통에 저장되었습니다.

“이걸 정말 네가 만들었다고? 신기하다!”

명구는 과자맨의 발명품에 감탄을 했고 찬정이는 여전히 무언가 못마땅한 모양이었습니다.

“청소기 같기도 하네. 그건 그렇고 이걸 빨아들여서 어디다 쓰는 거야?”

찬정이의 날카로운 질문에 과자맨은 이번에는 더듬지 않았습니다.

“이건 우리 별 강물이야. 우리 별에서 제일 넓고 긴 강이 바로 오렌지 맛 강이거든. 강물이 마르지 않게 하기 위해 이렇게 지구에서 강물을 빨아들이는 거지.”

“그… 그럼… 이 발명품만 땅에다 갖다 대면 오렌지 맛 음료수로 변하는 거야?”

“그건 아니야. 이건 아까 놀러 온 등산객 중 한 명이 땅에 음료수를 흘렸기 때문에 나온 거야. 내 발명품은 땅에 흘린 음료수를 빨아들이는 역할을 하지. 지구는 땅이 오염 안 되고 우리는 강물을 얻고 서로에게 좋은 일이지, 에헴.”

“그럼 이제 너의 임무는 끝난 거지? 어떻게 돌아갈 거야?”

찬정이는 아까부터 과자맨이 어떻게 자신의 별로 돌아갈지 궁금했습니다. 형은 외계인 같은 것은 없다고 했지만 눈앞에 있는 것은 이름은 과자 외계인이었습니다. 그러니 잘 보고 집으로 돌아가 형에게 알려 줘야겠습니다. 아무리 똑똑한 형도 모르는 것이 있다니 괜히 뿌듯한 마음이 들었습니다. 하지만 어찌된 일인지 과자맨은 자꾸 꾸물거리는 것이었습니다.

“아직 통이 다 안 찼어. 그래서 안 돌아가는 거야.”

“어… 그런데 이미 플라스틱 통이 다 찼어…….”

정태의 조용한 지적에 과자맨은 다시 앙칼지게 대답했습니다.

“내가 아니라면 아닌 거야. 이잇.”

“그럼 정말은 어떻게 돌아가는 거야? UFO 타고 가는 거야?”

여태까지 가만히 과자맨을 지켜보던 명구도 순수하게 궁금해서 과자맨에게 물어봤습니다.

“요즘 같은 시대에 촌스럽게 누가 UFO를 타고 다니니? 우리 별에서는 그런 것 타고 다니지 않는다고.”

“그럼 어떻게 돌아가? 나 정말 궁금해서 심장이 터질 것 같아. 어서 말해 줘.”

“그건 비밀이야.”

“너, 자꾸 말 돌리는 게 이상해. 설마 너도 돌아가는 방법을 모르는 거야?”

“아니야! 너희가 돌아가면 비밀스럽게 나도 우리 별로 갈 거야. 내일 여기에 와 봤자 나는 없을 거야. 이잇.”

하지만 다음 날 명구와 정태 그리고 찬정이가 다시 물웅덩이로 찾아왔을 때 과자 외계인은 그 자리에 여전히 있었습니다.

수업이 끝나고 찬정이가 뒷문에서 명구와 정태를 불렀습니다.

“과자 외계인 특공대! 어서 가자!”

“과자 외계인이라니? 그… 그렇게 부르면 과자맨이 싫어할 거야.”

정태가 조그맣게 말하자 명구도 옆에서 거듭니다.

“특공대가 뭐야. 우리가 과자맨을 지키는 모임도 아니잖아.”

“내가 찾아봤는데 국어사전에 외계인은 지구 밖에 존재하는 생명체라고 나와 있었어. 과자맨도 지구 밖 어느 별에서 사니까 외계인 맞잖아. 그리고 과자맨보다는 과자 외계인이 더 그럴 듯하지 않냐?”

“그건 그래.”

자신의 생각에 명구가 동의하자 한층 더 신이 난 찬정이가 말을 이어 나갔습니다.

“게다가 만화영화에서 보면 멋진 이름에는 특공대가 붙더라고. 그러니 나 같이 멋진 녀석이 있는 모임에 이름이 시시할 수는 없지.”

“이름이 뭐 그리 중요하다고. 우선 과자맨한테 가 보자.”

“과자 외계인이래도!”

“그래, 그래. 과자 외계인. 그런데 과자 외계인은 정말 돌아갔을까?”

“그럼 정말 아쉬울 거야.”

정태의 말을 마지막으로 ‘과자 외계인 특공대’는 부리나케 물웅덩이로 달려갔습니다. 떠났을 거란 예상과 달리 과자 외계인은 여유롭게 풀 위에 누워 있었습니다. 어제보다 배가 더 나와 보이기도 했습니다.

“왔니?”

새침한 과자 외계인의 말에 셋은 잠시 할 말을 잃었습니다. 겨우 정신을 차린 찬정이가 과자 외계인 못지않은 말투로 물었습니다.

“너, 아직도 안 돌아가고 여기서 뭐하는 거야?”

“보면 모르니? 배 말리고 있잖아.”

“갑자기 배는 왜 말려? 어제보다 더 뚱뚱해진 것 같기도 하네.”

“설마아… 배를 말리면 어제처럼 쑥 들어가는 거야?”

정태의 말에 과자 외계인이 픽 웃었습니다.

“그럴 리가 있겠니? 내가 아까 산을 돌아다니는데 마침 이 크래커가 땅에 떨어져 있는 거 아니겠니? 그래서 냉큼 주워 와서 배에 붙였지. 사람들도 참 칠칠맞게 잘 흘리고 다닌단 말이야.”

"아! 사탕으로 붙였을 테니 지금은 녹인 사탕을 다시 굳히고 있는 중이구나!"

"역시 너희 셋 중에서는 명구 네가 제일 똑똑해."

그 말에 찬정이가 살짝 배가 아팠는지 과자 외계인에게 또 딴죽을 걸었습니다.

"그것만 말리면 이제 돌아가는 거야?"

찬정이는 하루빨리 형에게 외계인에 대해 자세히 자랑하고 싶었기 때문에 애가 탔습니다. 그래서 자꾸만 과자 외계인을 재촉하게 됩니다.

"설마 너 돌아가는 방법을 모르는 거야?"

"이잇, 그건 아니래도! 비밀일 뿐이야, 흥!"

"그럼 어떻게 지구로 왔는지라도 알려 줘."

과자 외계인은 비밀이 있어 자기 별로 돌아가지 못하고 있었습니다. 하지만 그 비밀을 이들에게 말해 주기에는 자존심이 상했습니다. 하지만 지구로 오는 방법 정도는 쉽게 말해 줄 수 있었습니다.

"난, 말이야. 여기 올 때 별을 타고 왔어."

"별은 하지만 하늘에 떠 있잖아! 우리 형이 하늘 높이 있어서 별이나 달은 만질 수 없다 그랬어."

"그래, 맞아. 별을 타고 왔는데 어떻게 땅까지 내려올 수 있겠어."

  명구도 과자 외계인에 말이 의심스러웠습니다. 게다가 가만히 듣고 있던 정태조차 과자 외계인이 거짓말을 한다고 여겼습니다.

  “거… 거짓말이지?”

  그 말에 과자 외계인은 또다시 흥분했습니다.

  “이잇, 이 바보들! 진짜란 말이야. 별을 타고 오다 별이 미끄러질 때 땅으로 내려오면 된단 말이야.”

  “별이 미끄러진다고?”

  “그래! 그걸 지구에서는 뭐라고 그러더라? 가만 보자. 이잇, 왜 이렇게 생각이 안 나지?”

  과자 외계인은 생각이 안 나는 머리를 부여잡고 폴짝폴짝 뛰었습니다. 워낙 몸집이 작아 명구 무릎에도 못 미치는 뜀뛰기였지만 말입니다. 과자 외계인을 둘러싸고 둥글게 앉아 있던 셋은 입을 다물었습니다. 각자 생각해 봐도 그게 무엇인지 좀처럼 알아채기 어려웠습니다. 그때 정태가 조용히 말을 흘렸습니다.

  “설마아 그거 별똥버얼?”

  “그래! 별똥별. 아이 참, 내가 다 기억하고 있었는데 잠깐 깜박한 거야. 절대 잊어버린 거 아냐.”

  과자 외계인이 변명을 열심히 했지만 아이들은 심드렁했습니다.

  “그게 그 말이지, 뭐.”

“이잇, 아무튼 말이야. 너희들은 다 잘못 알고 있어. 별똥별은 떨어져서 지는 별이 아니야. 하늘에 매달려 있다가 힘이 들면 잠시 미끄러져서 쉬고 오는 것뿐이야. 별이 져서 사라지는 것이 아니라.”

“어디서 쉬고 오는 건데?”

“별들은 우리를 내려주고 은하수로 쉬러 가.”

“우주에 있는 별들의 강이라고 하는 그 은하수 말하는 거야?”

“역시 명구 네가 제일 똑똑해. 그래 그 은하수에서 쉬고 와. 별들이 은하수 강에 몸을 담그면 저절로 둥둥 떠다녀 힘들 일이 없거든.”

이어진 과자 외계인의 설명에 따르면 과자 외계인네 별 앞에 은하수 강이 흐른다고 합니다. 과자 외계인은 지구로 와야 할 때 은하수 강으로 가 다시 지구 하늘로 떠날 별을 찾습니다. 그러고는 그 등에 올라타면 지구로 올 수 있습니다. 물론 지구까지 데려다 준 별이 바로 미끄러지지 않기 때문에 지구로 와서 곧 미끄러질 별로 한 번 옮겨 타야 했습니다. 때로는 잠시 별들과 함께 하늘에 머물러 있기도 했습니다. 거기서 누가 땅에다 함부로 과자나 음료수를 버리는지 지켜봤다가 그곳으로 찾아가기도 한다고 했습니다.

“우와아아아. 너, 진짜 대단해 보이는 걸.”

정태의 칭찬에 과자 외계인의 어깨가 한껏 올라갔습니다.

“내가 뭐랬어. 난, 대단한 과자맨이래도.”

하지만 찬정이는 이때도 그냥 지나치지 않았습니다.

“그럼 이제 돌아가는 방법도 알려 줘.”

“그건 비밀이래도!”

“설마 어려운 일이 생긴 거야?”

“이잇, 그런 일 없어. 이 위대한 과자맨에게 어려운 일이 있을 리 없잖아.”

말은 그렇게 했지만 과자 외계인은 마음이 한껏 약해졌습니다. 아이들에게 은하수 강 이야기를 해 주다 보니 자신의 별이 그리워졌기 때문입니다. 우울해진 그 모습에 정태가 조심스럽게 물었습니다.

“설마아 쫓겨난 거야?”

정태가 정곡을 찔렀는지 과자 외계인은 아무 말도 못하고 안절부절이었습니다.

“무슨 일이 있었던 거야? 우리가 도와줄게.”

“이잇, 너희가 왜 나를 도와줘?”

“그야 우리는 너를 지켜 주는 과자 외계인 특공대니까.”

여태까지 틱틱대기만 하던 찬정이도 과자 외계인이 너무 슬퍼 보여 도와주기로 마음먹었습니다. 거기다 정태가 가만히 과자 외계인의 몸을 꼬옥 안아 주자 과자 외계인의 마음도 서서히 열렸습니다.

"처음 시작은 말이야 내가 다른 맛 음료수들도 모아서 가져가
면서부터였어."

지구에서 모아 간 포도 맛 음료수를 오렌지 맛 강에 떨어뜨렸
습니다. 그러자 그토록 예쁘게 빛나던 주황빛이 탁한 색깔로 변
해 버렸습니다. 화가 난 과자왕은 과자 외계인에게 원래대로 돌
려놓으라고 하셨습니다.

과자 외계인은 부지런히 지구를 오가며 땅에 스며든 오렌지
음료수들만 모았습니다. 그것들을 강물에 퍼 넣자 혼탁했던 강
물 색깔이 원래 색깔로 차츰차츰 돌아오기 시작했습니다. 신이
난 과자 외계인은 쉴 새 없이 지구에서 가져온 음료수를 부었습
니다. 그러자 이번에는 한꺼번에 심하게 많이 넣는 바람에 강이
넘쳤습니다. 넘쳐 난 강물은 강 주변의 집 안까지 흘러들어 갔습
니다. 과자왕의 화가 더 크게 난 것은 어찌 보면 당연한 결과였
습니다.

한마루
문학동인

오르세미술관展
고흐의 별밤과
화가들의 꿈
예술의전당 한가람미술관 3층
2011.6.4토 ~ 2011. 9.25일
← 매표소
전시장 3층

시인

소설가

동화작가

한마루 문학동인회 주소록

김아영 시인
youngkim1220@naver.com
우편번호 110-012
서울 종로구 평창동 벽산평창힐스 103동 401호

김태란 수필가
she1best@hanmail.net
우편번호 482-080
경기도 양주시 만송동 698번지 은빛마을 휴먼시아 아파트 601동 1404호

김한결 소설가
jeon341@naver.com
우편번호 151-910
서울시 관악구 난향동 휴먼시아 아파트 202동 2003호

노은미 시인
nem1274@naver.com
우편번호 153-827
서울시 금천구 독산3동 993-42 건형빌라 302호

박선화 동화작가
sunhistory89@naver.com
우편번호 410-816
경기도 고양시 일산동구 백석동 1205~1번지 2층

박종숙 시인

shiin@korea.com

우편번호 120-773

서울시 서대문구 홍은1동 454 홍은극동아파트 102동 1006호

안주리 동화작가

qhrlfkd@naver.com

우편번호 425-766

경기도 안산시 단원구 선부3동 주공아파트 1502동 912호

유수지 동화작가

sjyoou@gmail.com

우편번호 137-170

서울시 서초구 염곡동 67-2호

진혜원 시인

usagizzang@hanmail.net

우편번호 139-815

서울시 노원구 상계5동 169-324 (3층)

홍슬기 시인

seulgi7023@hanmail.net

우편번호 429-450

경기도 시흥시 정왕동 고함아파트 107~304호